Elisabeth Reichart

KOMM ÜBER DEN SEE

Roman

Elisabeth Reichart

KOMM ÜBER DEN SEE

Roman

Mit einem Nachwort von
Hans Höller

OTTO MÜLLER VERLAG

SIE
Vor jeder Erinnerung das Wissen: Alle Sätze in dieses Gestern können nur Brücken zu Inseln sein, was sie verbinden, es bleibt für immer getrennt.

Am Anfang, sagt sie, war ich wie gelähmt – und ich habe nichts getan, als meine Ohnmacht auszuschreiten, hin und her, hin und her ... Es war wie ein Sog, dieses Gefühl, versagt zu haben, ich war beherrscht von diesem Wort – und keine Hilfe, kein Zeichen, an das du dich hättest halten können, du musstest selbst aus ihr hervorkriechen, ja, kriechen, langsamer als in diesen ersten Monaten habe ich mich nie bewegt ... Und wer hat schon gelernt, auf sich zu vertrauen, und es lernt sich nicht unbedingt leichter in braunen Zeiten ... Dann bin ich angekommen bei der Frage: Wo habe ich eigentlich gelebt, in welchen Traum bin ich geflüchtet, was ließ mich glauben, in Wahrheit seien alle Menschen wie ich, wollten sie alle keinen Faschismus, keinen Krieg, wagten es nur nicht, die Stimme zu erheben gegen die Mächtigen ... Der Traum war plötzlich zu Ende, war zu Ende angesichts des Jubels in den Gesichtern beim Einmarsch der Nazis, ja, es war Jubel in vielen Gesichtern, und andere waren lebendiger, als ich sie je zuvor gesehen ... Da fing die Ohnmacht an ... In ihr war auch Geborgenheit, ich wollte geborgen sein, kurze Zeit wollte ich nur geborgen sein ... Bis die Stille in mir vollkommen war, bis sie groß genug war, mich zu erschrecken – so ein Leben ist kein Leben ... Da wusste ich wieder, ich kann nicht blind werden, ich muss meinen Teil tun, egal, was die anderen tun, es war mein Leben, ich würde es mir nicht nehmen lassen, von ihnen nicht, von niemandem ... Das schwierigste war, sagt sie, sich Tag für Tag und Nacht für Nacht immun zu machen gegen die Faschisten – keine Haustür sperrte sie aus, kein Schlaf, in den sie nicht ihre Arme streckten –; die Banalität des Alltags war nur noch eine Erinnerung an eine Vorzeit, an ihre Stelle war eine Wachsamkeit getreten, du warst ein gespannter Bogen, jahrelang, und es war fast eine Erleichterung, wenn sie an dir zerrten, wenn sie kamen, um dich zu holen für den Dienst an ihren Verbrechen. Und die Dienste waren meist kleine Dienste, du solltest für ihr Winterhilfswerk sammeln gehen, du solltest ihre Häuser putzen, ihnen ihre Mahlzeiten kochen, du solltest ihren Organisationen beitreten, das Kind in ihre Uniform stecken – ja, es war fast eine Erleichterung, nein sagen zu können, ein ganz konkretes Nein sagen zu können ...

Neben den alltäglichen Neins gab es die großen Neins – eine fremde Stimme sagt dies, die kein Staunen zum Schweigen bringt, die weiterredet, als wäre sie aufgefordert dazu: SIE hat 1940 eine Frauendemonstration zur Freilassung einer Genossin organisiert, und die Genossin wurde freigelassen – SIE hat mit belgischen Kriegsgefangenen ihr Essen geteilt; einer, der keine Wunder ertragen konnte, hat SIE angezeigt ... SIE schafften das Unmögliche, aber wer konnte noch an das Unmögliche glauben, die Frauen gingen wieder nach Hause und vergaßen, dass die Nazis besiegbar ...

Dieser Gang nimmt kein Ende. Wie gut, dass du ihn mit geschlossenen Augen gehen kannst. Rechts die großen Fenster, links die Türen zu den Klassenzimmern, halte dich in der Mitte, die Fenster können ein Hindernis sein, genauso die Türen. Du hast dich überschätzt, Ruth, wie schon öfter. Du hast geglaubt, du schaffst es allein, nur mit deinen Leistungen: Jetzt beugen sie dir den Rücken.

Das Sausen in ihrem Kopf wurde lauter. Sie wäre am liebsten zur Toilette gelaufen, zwang sich jedoch, langsam zu gehen. Endlich stand sie vor dem Waschbecken, konnte das Wasser über ihre Arme laufen lassen, fing es in den Händen auf, tauchte ihr Gesicht hinein, befeuchtete ein Papiertaschentuch, legte es sich in den Nacken, spürte das kalte Wasser ihren Rücken hinuntertropfen. Zehn Minuten waren erst vergangen, seitdem die Sekretärin in das Konferenzzimmer gekommen war und sich suchend umgesehen hatte. Ruth hatte gehofft, die Suche würde ihr gelten. Als sich ihre Blicke begegneten, nickte die Sekretärin: „Frau Berger, bitte zum Direktor!" Ruth sah sich noch einmal aufstehen und in das Direktionszimmer gehen. Das Gesicht im Spiegel lachte sie aus. Der Direktor war nicht allein, ihr Kollege Klingenbach war bei ihm, grüßte sie mit einem kurzen Kopfnicken, um seinen Mund ein verlegenes Lächeln. Ruth war froh, dass der Direktor sie beide aufforderte, Platz zu nehmen, die Angst krampfte ihren Magen zusammen, sie kannte Klingenbach, sonst waren seine Begrüßungen überschwänglich, konnte sie sich seinen Umarmungen fast nicht entziehen; sie kannte auch ihren Körper, bald würde die Angst in den Beinen sein, würde ihr die Füße wegziehen, die stechenden Schmerzen in den Lendenwirbeln würden tagelang bleiben. Sie verstand den Direktor kaum und hörte doch jedes Wort: Dass er sich für den Kollegen Klingenbach entschieden habe, schwer sei ihm die Entscheidung gefallen, er habe noch nie zwei so gute Probelehrer in einem

Schuljahr beschäftigt, aber für mehr als einen sei kein Platz an seiner Schule, er habe bereits eine Empfehlung zu Ruths Bewerbung hinzugefügt, mehr könne er leider nicht für sie tun. Ruth spürte, wie Klingenbach sie anstarrte. Was will er denn von mir, ich weiß, dass er nicht schuld ist an meiner Situation, arbeitslos mit fünfundvierzig! Ob es mein Alter war, das seine Entscheidung beeinflusst hat – sinnlose Grübelei, ich werde es nicht erfahren, jetzt nicht mehr, sie war entlassen. Die Sekretärin sah sie mitleidig an, wie sie seit Jahren abgewiesene Probelehrer mitleidig ansah, meinte, Ruth hätte eben doch zur Partei gehen sollen, ein Satz mit auf den Weg in die Zukunft.

Ruth warf das Taschentuch in den Abfalleimer, versuchte, wieder gleichmäßig zu atmen, den Schrecken wegzuatmen. Als sie in das Konferenzzimmer zurückkehrte, war ihr nichts anzumerken.

Ruth ging nach Hause, ohne sich umzudrehen. Kein Abschiedsblick, kein Blick mehr auf dieses Gebäude, auf die noch immer herausströmenden Schüler. Diese Straße von nun an meiden, die Umwege werden zahlreicher, auch dieser wird eines Tages überflüssig sein, das kennst du doch, und du wirst ihn trotzdem noch gehen, aus Gewohnheit, warum sonst.

Vor einem Spirituosengeschäft blieb sie stehen, betrachtete die Auslage, entschied sich schließlich für Wodka, davon, hatte sie gehört, würde man ohne Kopfschmerzen wieder zu sich kommen, aber vorerst wollte sie ja weg von sich, von diesem Gefühl der Sinnlosigkeit, diesem Ringen nach Luft, die Luft, die ich zum Atmen brauche, ist besetzt. Der erste Schluck schmeckte scheußlich, Ruth schüttelte sich, dann schüttete sie den Wodka in sich hinein. Sie hatte einen Trinkrhythmus gefunden, der ihr unerträgliche Gedanke, alles sei umsonst gewesen, von dem sie sich zugleich nicht trennen wollte, bestimmte ihn.

Als sie am nächsten Tag aufwachte, war sie entsetzt über sich.

Sie stellte sich unter die Dusche, beseitigte alle Spuren. Diesen Nachmittag hatte es nie gegeben.

Eine Woche lang gelang es Ruth, nicht an den Herbst zu denken. In der zweiten Woche beobachtete sie sich dabei, wie sie während des Vormittags öfter als sonst auf die Uhr sah. In der dritten Ferienwoche wartete sie bereits unruhig, bis sie die Post holen konnte – meistens Ansichtskarten aus dem Süden oder dem Westen Europas, manchmal aus ferneren Ländern, kaum Karten aus dem Norden, keine Karten aus dem Osten.

Der Aushilfsbriefträger kannte Ruth inzwischen, sie wechselten einige Sätze. Auch er studierte Englisch und Geschichte für das Lehramt, während der Sommerferien übernahm er die Arbeit als Briefträger. Er habe Glück, erzählte er Ruth, sein Vater sei bei der Post, er mache diese Arbeit bereits den fünften Sommer, es gebe kaum noch Ferialarbeiten, auch die Post nehme niemanden mehr auf, der ihr noch nicht bewiesen habe, dass er würdig sei, einzugehen unter ihr gelbes Dach. Wenn er Ruth sah, grüßte er sie mit einer verneinenden Kopfbewegung, um Sekunden verkürzte er damit ihr Warten. So weit war Ruth noch nicht, dass sie die Sekunden zählte, wer weiß, dachte sie, wann es so weit ist. Noch amüsierte sie sich bei der Beobachtung, wie sie den Aushilfsbriefträger tröstete, dem ihr Warten wie ein schlechtes Omen vorkam. In zwei Jahren werde er das Probejahr hinter sich haben, ob sie denn keine Parteikontakte habe, er habe sich umgehört, ohne Parteibuch könne sie gleich ihre Koffer packen.

Er redet schon fast wie einige meiner Kollegen, all diese Überzeugungsversuche, all diese öffentlichen Demütigungen, es ist doch nicht möglich, hatte sie oft gedacht, dass nur ich das so empfinde, nur ich diese Sätze nicht mehr hören kann, all diese „Glaube mir, ich hab auch einmal wie du gedacht, aber damit kommst du nicht weit, vergiss deinen Stolz und überwinde dich“-Sätze. Manchmal hörte sie diese Stimmen zu einem Chorgesang anschwellen: „Du bist nicht besser als wir, nur weil du ohne Stiefel durch den Matsch gehst, du änderst nichts, nur weil du dich weigerst, Stiefel anzuziehen!“ – rosarote Stiefel, schwarze Stiefel, braune Stiefel, Sie brauchen nur zu wählen, aber wählen Sie endlich! Die gültige Hauptmaxime ist alt: „Erkenne die Lage – das heißt, passe dich der Situation an, tarne dich, nur keine Überzeugungen ... andererseits mach aber ruhig mit in Überzeugungen, Weltanschauungen, Synthesen nach allen Richtungen der Windrose, wenn es Institute und Kontore so erfordern ...“ Diese Gedanken vertreiben, sie nicht gültig werden lassen wollen, besonders jetzt nicht, da alles für sie spricht und nichts für mich, von ihnen weggehen, auf und ab gehen, stolpern, über die Gedanken oder über das Telefonkabel, es ist wichtig für den Lehrer, dass er ... Ruth lachte, erschrak vor diesem Lachen, das sich um ihr Erschrecken nicht kümmerte, nur langsam verebbte, wiederkam, als Ruth überlegte, welche Eigenschaft ihr eben verloren gegangen war. Wieder dieses Gefühl zu ersticken, woran denn nur, Ruth? Sie zwang sich, ihre Wohnung zu verlassen, kaum war sie im Freien, begann sie zu laufen, lief ihre Straße hinunter, der andere Blick, unbenannt, aber was kümmerte das die Augen, die heute die Risse in den Häusern bemerkten und die Dunkelheit in den Bassenawohnungen, die die Bretterverschläge zählten, diese Zeichen aufgelassener Hoffnungen. Ruth lief fast den ganzen Ring entlang bis zum Schwarzenbergplatz, dort stieg sie in den 71er, wohin sie fuhr, fiel ihr erst auf, als vor ihr zwei alte Frauen über die für sie immer beschwerlicher werdenden Fahrten zum

Zentralfriedhof redeten und laut darüber nachdachten, wann wohl ihre letzte Fahrt dorthin gekommen sein würde. Ruth sah zum Fenster hinaus, die Sonderangebote für Grabsteine zwischen den Sonderangeboten für Gebrauchtwagen. Die gemiedenen Gräber, die gemiedenen Erinnerungen, jährliche Rechnungen von der Gärtnerei. Das Elterngrab, das Tantengrab – seit der Scheidung habe ich die Gräber nicht mehr besucht. Mit Walter gab es die Spaziergänge durch den Zentralfriedhof, waren die Toten erträglich, es gab sie nicht wirklich, sie waren eine Verpflichtung für ihn unter vielen Verpflichtungen, aber sein Blick wurde nicht zu meinem Blick; an der nächsten Haltestelle steige ich aus und fahre in die Stadt zurück.

Nur in der Literatur gefielen ihr die Friedhöfe noch immer. Wiens tote, Wiens verstorbene Friedhöfe, Wiens sterbende Friedhöfe, und Friedrich Heer, der sie gekannt und die Erinnerung an sie lebendig erhalten hat, liegt heute selbst auf dem Zentralfriedhof, in einem Ehrengrab. Er hat es gewusst, die zu späte Ehre ist hier Alltag, Wiens Frieden: Hier ist er zu finden.

Das Warten auf die Montagpost begann am Samstag, am Sonntag wartete die Stille mit Ruth. Auf dem Fensterbrett gegenüber lehnte wie jeden Sonntag die dicke Frau, deren Körper das Fenster ausfüllte, sie würde den ganzen Nachmittag so verharren, wie ich in meinem Warten verharre, worauf wartet diese Frau? Ich sollte hinausfahren, baden gehen, mich ablenken! Warum bin ich nicht fähig, mich abzulenken, jedes Kind lernt das doch. Auch dieses Kind? Stadtkind, Einzelkind, Kriegskind – alle Kinder in diesem Land bisher Vorkriegskinder, Kriegskinder, Nachkriegskinder, Zwischenkriegskinder, Vorkriegskinder usw. –, Trümmerkind, Wunderkind, Enkelkind, Tantenkind. Selten dienten diese Worte als Information, kamen dementsprechend kaum in Antworten vor, sie wurden meist als Vorwurf verwendet, sieht man ihnen gar nicht gleich an. Neben diesen zusammengesetzten Hauptwörtern die Beifügungen zu dem Hauptwort Kind: Wer fügte dem Hauptwort „Kind“ das Eigenschaftswort „böse“ bei? Das böse Kind, als solches beugbar, ein gebeugtes Kind? Ein Kind, an das sich Ruth manchmal erinnerte, vielleicht auch jetzt.

Das Haus der Eltern in Wien, Krieg, die Nächte im Keller, das Kind halb schlafend in den Armen der Mutter, deren Stimme zitterte, während sie dem Kind Lieder vorsang, Märchen erzählte. Eines Nachts war das Kind wieder von den Sirenen aufgewacht. Es war das Zeichen, in den Keller zu gehen. Sie starrte die Tür an. Gleich würde sie aufgehen, die Mutter kommen, sie in die Arme nehmen und mit ihr in den Keller gehen. Die Tür blieb zu. Vor dem Fenster sah sie die Sterne vom Himmel zischen. Sie suchte schnell ihre Puppen zusammen, trug die Puppen in den Keller, sang so laut sie konnte, hielt sich dabei die Ohren zu, wollte ihre Stimme nicht hören, diese eine Stimme gegen die vielen Kriegsstimmen, die bis in den Keller reichten, und hörte die Frage dann doch: Ist die Mama tot? – Eine Puppe hatte sie das gefragt (immer noch war es die Puppe, die große mit den blonden Haaren und den schwarzen Augen, ein Geschenk des Vaters, die fragte), zögernd und leise, und das Kind war aufgesprungen und hatte die Puppe in die Ecke geschmissen, hatte sie wieder und wieder in die Ecke geschmissen, schreiend: „Du böses Kind, du böses Kind!“ Die Kellernächte, die Tage verbrachte sie hinter dem Küchenfenster, von wo aus sie die Gartentür sehen konnte. Saß nur da und starrte die Gartentür an, wie viele Tage lang. Erinnerte sich das Kind an seinem Fensterplatz an die Verhaftung der Mutter? Hatte es einen Namen für den Vorfall? War das Gefühl, die Mutter im Stich gelassen zu haben, erst entstanden, als die Mutter wieder zu Hause war und das Kind die eigene Mutter nicht wiedererkannte, oder entstand es gleich, als das Kind ihr gehorchte und weglief. Sie waren spazieren gegangen, plötzlich sprangen zwei Männer aus einem Auto, nahmen die Mutter zwischen sich, die Mutter wehrte sich, da schlugen die Männer auf sie ein, zerrten sie zum Wagen, das Kind riss an dem Mantel von einem der beiden Männer, der Mann bemerkte es nicht, das Gesicht der Mutter war blutverschmiert, aber sie konnte noch schreien, schrie: „Lauf weg! Lauf!“, und als sich nun doch einer der Männer nach dem Kind umdrehte, nach ihm griff, begann es zu laufen, lief und lief und läuft und läuft, dachte Ruth, wenn ich nicht gerade warte.

Warten oder, wenn ich es könnte, mich davon ablenken, zwischen diesen beiden Möglichkeiten wählen, wenn das eine Wahl ist und nicht nur Hohn. Wie viele sind wir, die nur warten? Diejenigen, die über uns bestimmen, sie wissen, was sie tun. Eine andere Stimme fragte sie: Wer sagt dir, dass du nicht allein bist? Vielleicht wartest nur du, während die anderen diesen Sommer genießen?

Unter der Woche hielt es Ruth an den Vormittagen nicht mehr zu Hause aus. Sie hatte sich einen eigenen Stadtplan gezeichnet, das also ist das Ergebnis, wenn ich mich ablenke – ein Behördenplan! Jeden Vormittag nun ihre Behördenrunde, jeden Vormittag umsonst. Da niemand da ist, der Ruth gefragt hätte, warum sie trotzdem geht, diese Frage aber nun einmal hier steht, bleibt ihr nichts anderes übrig, als sie aufzugreifen, vielleicht eines Morgens, bevor sie ihre Behördenrunde beginnt. Die Antwort zögert sie hinaus, bis sie auf der Straße steht, zwischen den Häusern ein Stück Himmel sieht, unter Menschen ist. Hier kommt die Antwort sofort: Ich gehe, um nicht verrückt zu werden. Und genau vor dem, was jetzt folgt, hat sie sich gefürchtet, diese Antwort zieht die nächste Frage nach sich: Wer sagt dir, dass du es noch nicht bist? Wer wie du Tag für Tag all diese Türgriffe in die Hand nimmt, nicht deshalb, um sich während eines vorübergehenden Schwächeanfalls daran festzuhalten, nicht, um vielleicht eine Untersuchung über die verschiedenen Materialien der Türgriffe an den Wiener Amtsgebäuden zu machen, nein, aus keinem anderen Grund als dem, den Türgriff hinunterzudrücken, einen nach dem anderen jeden Tag wieder hinunterzudrücken, immer in der Hoffnung, sie wären dazu da, die Türen, an denen sie befestigt sind, auch zu öffnen, hat der nicht viele Anhaltspunkte, an seiner Normalität zu zweifeln? Ruth erklärt sich für befangen.

Umsonst auch ihre Versuche, frühere Alltäglichkeiten weiterzuleben. Manchmal blieb sie vor einem Kaffeehaus stehen und dachte, es wäre Zeit, wieder einmal Zeitungen zu lesen.

Ihre Hände zuckten, die Daumenkuppen strichen über die anderen Fingerspitzen, strichen über ihr Lieblingspapier, fein und dünn, schreckten zurück vor grobem Papier, noch bevor die Augen sich weigerten, die fett gedruckten Schlagzeilen zu lesen. Während des Schuljahres war sie jeden Nachmittag in ein Kaffeehaus gegangen, hatte ein, zwei Stunden gelesen, hatte an den Tagen, an denen sie ihren Kaffeehausbesuch ausfallen lassen musste, das Gefühl, etwas versäumt zu haben.

Das Kaffeehaus war fast leer, die Zeitungen lagen geordnet auf drei Tischen, ein Tisch mit österreichischen Zeitungen, einer mit Zeitungen aus Deutschland und der Schweiz, einer mit fremdsprachigen Zeitungen. Sonst hatte sie sich die Zeitungen von den Sesseln und frei gewordenen Tischen zusammensuchen müssen, hatte oft auf eine Zeitung warten müssen, welch ein Luxus, heute warten die Zeitungen auf mich. Die Fingerspitzen suchten sich einige aus, die Freude des Wiedererkennens wurde ständig durch groß bedruckte, schreiende Zeitungen gestört, inzwischen färben sie auch ab, aber vielleicht haben sie das immer getan, und ich habe es nicht bemerkt.

Ruth ging mit den Zeitungen zu einem Tisch, legte sie neben sich, nahm die obenauf liegende in die Hand. Die zunehmende Unruhe, von der sie auch der Kaffee nicht ablenkte.

Wenigstens durchblättern muss ich sie, wenigstens überfliegen muss ich die Zeitungswirklichkeit, wenigstens versuchen muss ich es, andere Wirklichkeiten als mein Warten wahrzunehmen. Dieses vertraute Warten, die Kulissen änderten sich, die Schauspieler wechselten die Rollen, außer einer, die beharrte auf ihrer, kümmerte sich nicht darum, welches Stück gespielt wurde. Die Nische zwischen dem Schrank und der Wand zum Schlafzimmer der Mutter, die Augen fixierten die Tür. Der Kasten rückte manchmal näher, gleich würde er sie erdrücken, die Strafe Gottes, die verdiente Strafe, warum auch wollte sie sich nicht taufen lassen, sie hatte doch gespürt, wie wichtig es der Mutter war. Im Namen des Vaters und des Sohnes und des Heiligen Geistes, das Wasser aus dem Taufbecken, sie hatte dann doch nachgegeben, hatte alles still über sich ergehen lassen, nur Neugeborene weinen bei der Taufe, aber nicht Vierjährige, die Dunkelheit in der Kirche, die Friedensglocken waren bereits wieder verstummt, zum ersten Mal in einer Kirche sein, all diese Gestalten, sie stürzen auf dich und holen dich, dann klebst du an den Wänden wie sie. Wo ist die Mutter? – Warte hier auf mich, ich komme gleich. Niemand kommt freiwillig in diese Dunkelheit. Die Strafen nahmen kein Ende, zu lange war sie des Teufels gewesen, die Lehrerin konnte sich gar nicht beruhigen, und Ruth konnte ihr die Frage, warum sie erst mit vier Jahren getauft wurde, nicht beantworten. Auch nicht am nächsten Tag. Die Tanten, bei denen sie nach dem Tod ihrer Mutter lebte, hatten nur vielsagende Blicke gewechselt. Diesen Blickwechsel kannte sie. Jetzt noch ein Wort von ihr, und Tante Vroni würde zu schreien anfangen, und Tante Inge würde sich mit ihrer Migräne zurückziehen. In Erinnerung geblieben waren die Drohung der Lehrerin: Dir werde ich den Teufel schon noch austreiben, und die tägliche Strafarbeit – hundertmal musste sie den Satz schreiben: Ich bin eine Sünderin, bis es der Lehrerin zu langweilig wurde und sie sich ein anderes Opfer suchte. Wann war das? Und wann war es, dass ich mich meiner Erleichterung zu schämen anfing? Dieses mühsame Lernen inmitten der Angst.

Weiße Mauern, weiß flimmernder Asphalt in der Julisonne, im Schatten erkannten die Augen das vertraute Grau. Kein blauer Fleck, keine blaue Tasche. Gestern ist Ruth dreimal hinuntergegangen, um nach der Tasche des Briefträgers zu sehen. Erst beim dritten Mal sah sie sie vor dem Nachbarhaus stehen. Sie ging zurück in den kühlen Hausflur, wartete dort auf den Briefträger. Dieses fremde Gesicht dann, alt und müde. „Wo ist denn Ihr Kollege?" Der Briefträger zuckte nur mit den Schultern, verteilte die Post in die Fächer, steckte keinen Brief in ihr Fach. Nachdem er hinausgegangen war, sperrte Ruth es trotzdem auf und war wieder enttäuscht ...

Anfang August klingelte um halb acht Uhr morgens das Telefon. Ruth starrte den Apparat an, das konnte nur die Schulbehörde sein, niemand, den sie kannte, rief während der Ferien um diese Zeit an. Die Hand, die den Hörer abnahm, zitterte. In ihrer Aufregung erkannte sie die Stimme nicht sofort. Der andere Teilnehmer glaubte, er sei falsch verbunden, entschuldigte sich, legte auf. Ruth hatte kein Wort gesagt. Außer mit dem Briefträger und den Verkäuferinnen hatte sie seit Wochen mit niemandem mehr geredet.

Sie versuchte einige Worte. Es läutete wieder, sie musste mehrmals hüsteln, bevor sie wenigstens ihren Namen nennen konnte. Es war Franz, ein Bekannter; zum Glück fragte er nicht nach ihrem Schweigen von vorhin, er hätte doch nur erneutes Schweigen zur Antwort bekommen. Martha, seine Mitarbeiterin, sei krank, sie habe ihm doch bereits öfters ausgeholfen, eine dringende Übersetzung aus dem Spanischen.

Ruth sagte zu. Einen ganzen Sommer nur warten, wer das könnte. Möchtest du es denn können? – Diese Frage wird sie nicht beantworten, sie ist bereits bei anderen Gedanken angelangt, nicht für die Schule, für das Leben lernen wir, dachte sie gerade, und wenn es das Falsche ist, was wir einmal lernten, und meinte damit ihr erstes, ihr Dolmetscherstudium, zum Überleben reicht es, muss es reichen. Dieses Überleben konnte sie sich noch nicht vorstellen; keine Stunden, wieder zurückkehren in die vorgegebenen Sätze, nur nicht das Unglück beschwören, jetzt werde ich abergläubisch.

Ruth fuhr zu Franz. Dachte, während sie auf die Straßenbahn wartete, wenn jetzt eine Tramway kommt, die von einer Frau gefahren wird, dann bekomme ich heute den Brief. Nein, das ist zu einfach. Es muss außerdem ein alter Waggon sein, in dem ein Schaffner mitfährt und an dessen Eisenstangen die schönen, abgewetzten Ledergriffe angebracht sind. Kein Schaffner, keine Lenkerin, keine Ledergriffe – die orangen Plastikgriffe bewegten sich in der Zugluft hin und her. Ruth setzte sich. Als sie später zufällig wieder die Griffe sah, bemerkte sie, dass sich diese nicht bewegten. Sie blieben in der Stellung stehen, in der die Hand sie zurückließ, die sich an ihnen festgehalten hatte.

An der nächsten Haltestelle stiegen zwei Kontrolleure ein, ein Bub eilte noch schnell zur Tür, presste die sich schließenden Türflügel auseinander, sprang hinaus. Ruth zuckte bei dem klickenden Geräusch, als sich die Kontrolleure ihre Kennmarken ansteckten, zusammen. Sie dachte, auch wenn du dieses metallene Klicken weiterhin hörst, hier, wo du jetzt bist, in dieser Tramway, hat es aufgehört.

Wenn du es nicht glaubst, dann hör dich um. Du hörst Kinderlachen, eine junge Frauenstimme, die keifenden Stimmen des in Permanenz tagenden Wiener Straßenbahngerichtes, hörst die wiederholte Aufforderung: Fahrkarten vorweisen!, hörst Autogeräusche, die Geräusche der Straßenbahn, aber sonst, sonst hörst du nichts.

Franz erwartete Ruth bereits. Er hatte den Tisch gedeckt, ein Frühstück vorbereitet. Er hat es nicht vergessen, dass ein gutes Frühstück für mich noch immer etwas Besonderes ist. Bei der Mutter und später bei den Tanten gab es nur Milchkaffee und Marmeladebrote, nein, das war erst in den Fünfzigerjahren, vorher hatte es nicht einmal das gegeben. Und einmal gab es einen Frühstückstisch wie diesen, in einem Wiener Hotel, für ein Vater-Tochter-Frühstück, für ein Abschiedsfrühstück, das erfuhr Ruth erst durch das Gespräch der Tanten: „Es ist besser für sie, dass er wieder weg ist.“

Während sie mit dem Frühstück begannen, die Semmeln aufschnitten, sie mit Butter bestrichen, sich Kaffee einschenkten, die Eier schälten, erzählte Franz, dass Martha eines Tages zu ihm in das Zimmer gekommen sei, um ihm wie jeden Tag die Mappe mit den Briefen zu bringen. Wie immer sei Martha neben ihm stehen geblieben und habe gewartet. Franz schwieg, griff nach seiner Tasse, betrachtete sie, die Stille in dem Zimmer, dann das Geräusch, wie der Kaffee durch seine Kehle rann, Ruth nahm schnell ihre Tasse in die Hand und versuchte, das fremde Geräusch mit dem eigenen zu übertönen. Franz sah auf, sah kurz zu Ruth: „Die Briefbögen in der Mappe waren weiß, kein Wort stand auf ihnen, kein einziges Wort!“

Ruth legte ihre Semmel auf den Teller zurück.

Franz sprach weiter, ohne Ruth dabei noch einmal anzusehen. „Als ich Martha fragte, was das soll, ist sie zornig geworden. Sie hat mich beschimpft, ich, in meiner Überraschung, habe ihre Worte nicht verstanden. Als sie sich beruhigt hatte, habe ich ihr die weißen Briefbögen gezeigt. Martha hat darauf bestanden, dass nur noch meine Unterschrift fehle. Ich habe ihr wiederum die weißen Briefbögen gezeigt, so ging es ein paarmal hin und her."

Franz war inzwischen aufgestanden, umkreiste den Tisch, Ruth begleitete ihn mit den Augen. Noch fragte sie sich, ob Franz ihr nicht einen Traum erzähle, die langen Pausen zwischen den einzelnen Sätzen, es war, als suche er nach Worten für Bilder und habe zugleich Angst, sie durch zu schnelle Benennungen zu vertreiben.

Er werde das Gefühl nicht los, mitschuldig zu sein an Marthas Verwirrung – wieder stockte er, fragte sich, ob es der richtige Ausdruck sei, beantwortete sich seine Frage nicht. Er, der täglich mit so vielen Formen des Wahnsinns konfrontiert sei, er hätte nicht so überrascht sein dürfen angesichts ihres Verhaltens. Er sei höflich gewesen, ruhig, abwartend, vernünftig, wie er es gewohnt sei zu sein. Vielleicht wäre es das einzig Richtige gewesen, die Briefbögen zu unterschreiben, und Martha hätte kurze Zeit später selbst bemerkt, dass der Inhalt fehle. Er habe einmal einen Satz gelesen, der ihm nicht mehr aus dem Kopf gehe: „Überall wurden Abenteuer bestanden, auf die es nicht ankam" – ja, und nun wäre es darauf angekommen zu bestehen, wirklich zu bestehen ...

Franz stand am anderen Ende des Tisches, den Kopf hielt er gebeugt. Ruth vermied es inzwischen, ihm nachzusehen, jedesmal, wenn er ihren Blick spürte, hatte er den Kopf geschüttelt, war sich mit der Hand über das Gesicht gefahren, als wollte er etwas wegwischen. Sie glaubte ihm jetzt, hörte ihm zu, in den Pausen versuchte sie, sich Martha vorzustellen, sich zu erinnern, wann sie Martha zuletzt gesehen hatte.

Es fiel ihr nicht ein.

In den letzten Tagen denke er immer öfter, vielleicht sei nicht Martha verwirrt, sondern er. Er, der immer noch an den Sinn dieser Briefe glaube, dieser nicht beantworteten oder nach Jahren beantworteten oder wenn es zu spät war beantworteten oder zynisch beantworteten Briefe. Wäre es nicht egal, ob sie mit oder ohne Inhalt weggeschickt würden. Vielleicht liege es wirklich an ihrer Arbeit: diese sich seit Jahren gleichenden Briefe, diese nicht endenden Berichte über immer neue Waffensysteme, Vernichtungskapazitäten. Vielleicht sei ihr die Arbeit schon lange sinnlos vorgekommen, auch er kenne diese Augenblicke, was ist, wenn sie nicht mehr aufhören? Nicht nur die Briefe, auch die Berichte hätten nichts genützt. Ja, wenn er ehrlich sei, kein Brief von all den Briefen, kein Bericht von all den Berichten habe etwas genützt; als lebten wir unter lauter Analphabeten! Er schlafe manchmal ein über der Arbeit, wie oft habe ihn Martha geweckt, aber er könne sich nicht erinnern, sie jemals geweckt zu haben. Ja, vielleicht sei sie die einzig Vernünftige.

Er jedenfalls habe angesichts der weißen Briefbögen unvernünftig reagiert. Er habe einen befreundeten Arzt angerufen, der habe Martha in das Krankenhaus bringen lassen. Martha habe sich geweigert, das Büro zu verlassen. Sie habe sich auf ihren Drehstuhl gesetzt, ihre Hände um die Lehnen geklammert und kein Wort gesagt. Sei nur dagesessen und habe sich gedreht. Dann sei alles sehr schnell gegangen, viel zu schnell.

Der Krankenwagen, die Wärter, alles weiß, nur noch weiß.

Jetzt sei sie in der Psychiatrie, die Ärzte seien ratlos, es könne genauso schnell vorbei sein, wie es gekommen sei, oder auch nicht.

Am Nachmittag besuchte sie Martha. Der Türöffner summte, der Gang vor ihr lang und leer. Martha lag in einem Vierbettzimmer, sie schlief. Ruth stellte sich einen Stuhl neben ihr Bett, wartete. Marthas Bettnachbarin kicherte: „Da können Sie lange warten, die haben sie vollgepumpt mit Medikamenten. Von allein wacht die nie auf. Das machen sie immer so mit den Neuen."

„Martha, Besuch für dich!", riefen plötzlich alle drei Frauen zugleich, wiederholten ihren Ruf so oft, bis Martha die Augen öffnete. Stille. Für alle hörbar Marthas langgezogenes: „Du!" Fast keine Bewegung in ihrem Gesicht – dieses Gesicht, das Ruth kaum wiedererkannt hatte, mit roten Flecken überzogen, aufgequollen. Das nächste Wort verstand Ruth nicht. Marthas Bettnachbarin kicherte wieder, stand auf und holte Martha ein Glas Wasser. Martha bedankte sich, trank das Wasser, gab Ruth ein Zeichen, mit ihr auf den Gang zu gehen. Sie hängte sich bei Ruth ein: „Führ mich bitte zu dem Sessel dort." Aber es gab keinen Sessel. Gestern sei hier noch einer gestanden. Ruth holte einen Sessel aus dem Zimmer, Martha wartete an die Wand gelehnt. Kein Wort blieb ohne Echo in dem Gang. „Wann wird es wieder möglich sein zu gehen, was tun mit Füßen, die einen nicht mehr tragen?" Martha zog ihre Pantoffeln aus, streckte die Beine von sich – den Beinen und den Füßen war nichts anzumerken. „Vielleicht versagt nur mein Gehirn, alles ist möglich, achtundvierzig Jahre habe ich gebraucht, um das zu begreifen." Martha zog ihre Pantoffeln wieder an, dann wollte sie von Ruth wissen, welche Veränderungen ihr an ihr auffielen: „Es gibt hier keinen Spiegel. Die Scheiben sind alle aus Milchglas. Mir fehlt mein Spiegelbild." Ruth erschrak – sie hatte sich nicht überlegt, wie sie mit Martha reden sollte. Nicht gerade ein rühmlicher Gedanke, er stempelt Martha ab, schließt sie hier ein, trennt sie von mir – wer misst die Entfernung? Ein Spiegel sein. Ruth hörte ihre Stimme, sie klang sanfter als sonst, ein beschlagener Spiegel, dachte sie, ein Spiegel, der nicht weiß, was es zu spiegeln gilt. Martha lehnte ihren Kopf zurück, atmete auf: „Das ist gut so“, flüsterte sie, „noch hässlicher soll ich werden, noch viel, viel hässlicher. Ich will so hässlich werden wie meine Mutter war, als sie aus dem KZ nach Hause kam. Unerkannt stand sie vor meinem Vater und mir. Als sie uns sagte, wer sie ist, habe ich zu stottern begonnen. Ma-Ma-Ma habe ich vor mich hingestottert, konnte gar nicht mehr aufhören damit. Jahrelang habe ich dann gestottert. Vater hat sich abgewandt und ist weggegangen. Manchmal kam er noch zum Schlafen nach Hause, die dünnen Wände, seine Stimme: ‚Mich ekelt vor dir‘ – der Ekel war zu hören, wie ihr Weinen zu hören war, ihr nächtelanges Weinen.“

Ruth erinnerte sich an die Fotos, die Martha einmal vor ihr ausgebreitet hatte, aufgenommen nach 45. Ihr erster Gedanke war: Wie meine Mutter. Sie haben uns unsere Mütter unkenntlich gemacht. Kein Wort darüber zu Martha, die Bilder schweigend betrachten, wie sie die Mutter immer wieder schweigend betrachtete, wie sie die anderen Fotos schweigend betrachtete, Gestapo-Aufnahmen, linkes Profil, rechtes Profil, das Gesicht von vorne, darunter jeweils eine Nummer, kein Name. Der Name war das erste, was ihnen genommen wurde, wie lebt man namenlos? Die Fotos zeigten eine schöne junge Frau, ernst und stolz, dieses Gesicht von Frau Bachdonsky war im KZ Ravensbrück geblieben, wo war das Gesicht der Mutter geblieben, das lachende Gesicht, das zärtliche Gesicht, auch die Fotos bezeugten ihr Vernichtungswerk.

Nein, dachte Ruth, sie kann das nicht wollen oder sie ist wirklich verrückt. Als hätte Martha ihren Gedanken erraten, sagte sie: „Nicht ich bin verrückt – meine Lage ist es. Hab ein wenig Geduld mit mir. Ich bin so müde, hilf mir, ich sollte laufen, sonst schlafe ich sofort wieder ein. Ich will nur deinen Arm und dass du mir zuhörst. Komm!, gehen wir weiter. Es ist wichtig, dass wir gehen. Nachts sehe ich jetzt immer ein Licht, es ist so stark, dass es mich durch die geschlossenen Lider blendet. Ein im Wachen nie gesehenes Licht, mein Hiroshima-Licht. Aber ich war nicht in Hiroshima. Ich war in Wien, mit meiner hässlich gewordenen Mutter und meinem sich ekelnden Vater. Wo warst du zu dieser Zeit? Erzähle doch etwas von dir, Ruth."

Diese selbstverständliche Aufforderung! Wie oft habe ich sie gehört, habe ich sie an andere gerichtet. Nur eine Antwort habe ich darauf nie erwartet, wie auch Martha keine erwartet.

„Weißt du, Ruth, wann wir uns zuletzt gesehen haben? Das war vor zwei Jahren, als du noch etwas über meine Mutter wissen wolltest. Nie hast du so nach mir gefragt, wie du nach meiner Mutter gefragt hast. Dein Interesse gilt den Toten. Wenn ich tot bin, wen wirst du dann nach mir fragen?"

„Ich bin zu dir gekommen."

„Es ist zu spät. Außerdem bringst du nur die Stille, ich will sie nicht hören. Warst du immer so schweigsam?"

„Als Dolmetscherin habe ich ununterbrochen geredet."

„Willst du dich über mich lustig machen?"

„Nein. Es ist so. Ich habe über alles reden können: über die neuesten Autos, die neueste Mode, die neuesten Filme, die neuesten Theaterproduktionen, die neuesten Bücher und so weiter. In meiner Nähe wurde niemandem langweilig, außer mir."

„Und dann?"

„Das weißt du doch."

„Nichts weiß ich. Erzähle."

Wovon erzählen? Von den Entzündungen im Mund? Von dem sich steigernden Ekel? Bereits morgens der Krampf im Magen. Die Schwäche in den Beinen. Der Brechreiz, zuerst nur bei den kleinen Häppchen, die in den Konferenzpausen herumgereicht wurden, dann beim Fisch und den sogenannten

Meeresfrüchten. Die rührte sie bis heute nicht wieder an. Nein, dachte sie, darüber will ich nichts erzählen. Und auch nichts über die wiederkehrende Frage: Und das ist dein Leben? Sie überfiel mich, ja, ich habe sie als Überfall empfunden, als käme sie von außen, nicht aus mir. Vielleicht von diesen spielerischen Überlegungen manchmal während einer Konferenz: Ich höre jetzt mitten in dem Satz auf zu übersetzen, schalte die Anlage ab und gehe. Zuvor aber genieße ich noch eure dummen Gesichter. Ihr müsstet eure Papiere einpacken und in eure Hotelzimmer fahren. Ohne mich findet die Besprechung nicht statt. Ich bin unersetzlich. Seither nie wieder dieses Gefühl, nie wieder diese traumwandlerische Sicherheit in meiner Arbeit. Neunzehn Jahre hatte ich so gelebt. Würde ich zu einem anderen Leben fähig sein? Davon erzählen, dass diese Frage noch immer nicht entschieden ist, ich oft den Verdacht habe, meine Kraft reichte nur zum Weggehen, nicht zum Neuanfangen.

Ruth sah auf, Martha war inzwischen wieder eingeschlafen. Sie würde nichts erzählen müssen.

Nach Hause fuhr Ruth ein Stück mit der U-Bahn. Die Stimme des Ansagers, sein Satz: „Der Zug fährt ab", veränderte sich, während der Zug in den Tunnel einfuhr: „Kein Zug fährt mehr ab, kein Zug, kein Zug ..." Die Fahrgäste sahen auf, einmal sahen sie auf, sahen sie weg von den schwarzen, braunen, roten, weißen, beigen, violetten, grünen Schuhen, von den Herrenschuhen und den Damenschuhen, sahen sich aufsehend an, erschraken noch einmal, sahen schnell wieder weg, sahen aneinander vorbei, suchten sich wieder ihr Paar Schuhe, die Augen fanden keine Kinderschuhe, kein einziges Kind in diesem U-Bahn-Wagen, andere Augen fanden nicht so schnell auf den Boden zurück, irrten in dem Wagen herum, studierten noch einmal die Fahrpläne, die doch gültig sein mussten, wenn sie da an den Wänden des

Wagens klebten, neben den Werbeplakaten, die nun fixiert wurden wie die Dunkelheit des U-Bahn-Schachtes. Ruth betrachtete das Mädchen, das ihr gegenübersaß. Es lächelte, aber es lächelte über etwas anderes, vielleicht über eine Stelle in dem Buch, in dem es gelesen hatte. Als es aufsah, die Welt ringsum wahrnahm, spiegelte sich das Entsetzen der anderen in seinem Gesicht, seine Hände klammerten sich an das Buch.

Kein Entkommen aus diesem Zug.

Heute kam der Briefträger bis zwei Uhr nicht. Sie fühlte sich beobachtet, während sie wieder und wieder zum Postkasten ging, auf die Straße ging, und war doch unfähig, etwas anderes zu tun, als zu warten und zu denken, jetzt, jetzt muss er aber dagewesen sein, und wieder hinunterzugehen. Sie sah durch die kleinen Schlitze der anderen Postkastentürchen, alle leeren Fächer waren auch um zwei Uhr noch leer. Dieses Mal begnügte sie sich nicht mit Blicken auf die umliegenden Haustüren, dieses Mal ging sie bis zur nächsten Querstraße, dort endlich sah sie eine blaue Tasche vor dem Gasthaus stehen. Ruth ging zu dem Gasthaus, ging langsam an den geöffneten Fenstern vorbei, sah den Briefträger über Karten und Briefe gebeugt, sah eine Runde Männer um ihn sitzen, hörte die Männer lachen, hörte Sätze, die sie noch nichts angingen.

Über eine verlassene Frau redeten sie, die auf ihren Mann warte, der wohl wisse, warum er nicht zu ihr zurückkomme, der ein „ganzer Kerl" sei, wer wäre nicht lieber in Marokko um diese Zeit ... Ruth ging in das Gasthaus, ging mitten hinein in das Lachen und Sich-gegenseitig-in-die-Seite-Stoßen und Sich-selbst-auf-die-Oberschenkel-Klatschen. Der Briefträger sah auf. „Ja, wer kommt denn da", die Männer drehten die Köpfe zu ihr, musterten sie unverhohlen, sahen endlich wieder weg, flüsterten jetzt mitsammen. Der Briefträger reichte ihr eine Karte: „Für Sie habe ich heute auch etwas!" – Die Männer lachten nun wieder laut, ein plötzlich losbrechendes, prustendes Lachen. Ruth kam sich vor wie bei dem Kinderspiel: „Wem gehört das Pfand in meiner Hand, was soll damit geschehen" – wann immer es ihr möglich gewesen war, hatte sie sich vor diesem Spiel gedrückt, aber hier konnte sie sich nicht drücken, hier musste sie ihren Arm vom Rücken nehmen und ihn der Karte entgegenstrecken, musste sie die Hand öffnen und nach der Karte greifen lassen. Ruth nahm die Karte. Es war eine Ansichtskarte aus Marokko; aber wer sagt mir, dass nur eine Ansichtskarte aus diesem Land unter all den Karten war, wer bitte sagt das?

Walter kennt wirklich kein Taktgefühl, dachte sie, während sie die Karte las, in Marokko beschlossen wir, uns zu trennen, jetzt fährt er mit der zweiten Ehefrau wieder in dieses Land und schreibt der ersten eine Karte! Vor drei Jahren hatte Walter sich geweigert, Karten zu schreiben. „Ein Richter schreibt nicht, die Spuren muss man verwischen, lass dir das gesagt sein, schreib es dir hinter deine süßen Ohren, meine milde Justitia!" – „Milde Justitia" nannte er sie erst, seitdem er Richter geworden war und ihr seine Urteile oft zu hart vorkamen. Nein, anfangs diskutierte er noch mit ihr, erzählte er noch, erst später wurde diese Benennung sein Gesprächsersatz. Ob er sich wieder jeden Tag einraucht?

Ruth blieb stehen, die andere Stimme in ihr zwang sie dazu; vielleicht ist dieser Zwang, stillzustehen und zuzuhören, erst der Anfang von vielen Zwängen, vielleicht bleibt es nicht dabei, dass etwas in meine Schritte eingreift, vielleicht greift demnächst etwas in mein Gesicht, verzieht meine Mundwinkel zu einem Grinsen, wenn ich nicht grinsen will, wie ich hier nicht stehen will, lässt mich die Augenlider auf- und niederschlagen, mich mit den Augenbrauen zucken. Ich will das nicht. Ich will keinen Zuckungen ausgeliefert sein. Die andere Stimme lachte laut, Ruth sah sich um, die Tauben ließen sich in ihren Straßenversammlungen nicht stören von diesem Lachen, das leiser wurde, verklang, ohne dass Ruth das Gefühl hatte, sie selbst hätte es beendet. Jetzt spreizten die Tauben ihre Flügel, streckten ihre Köpfe gegen den Himmel, zogen sie wieder ein, der Wüstensand pfiff heute nur so durch Wiens Straßen, vielleicht ist es der Sand, der uns damals in der Wüste vor sich hertrieb.

Sie hatte panische Angst davor gehabt zu verdursten. Walter trank kaum aus der Wasserflasche, überließ ihr fast das ganze Wasser, aber nicht die Flasche. Er teilte ihr das Wasser ein. Ruth ging hinter ihm her und sah keine Wüste, sah keinen Walter, sah nur die Wasserflasche, die er sich um die Schulter gehängt hatte, die an seinem Rücken hin und her baumelte, im gleichmäßigen Rhythmus seiner Schritte, hinter denen Ruth immer weiter zurückblieb. Sie konnte nicht nach ihm rufen, konnte kaum atmen. Der Sand knirschte zwischen den Zähnen, rieselte bei jedem Atemzug in die Lunge. Ich war darauf angewiesen, dass er sich umdrehen würde nach mir, Walter, der Wasserträger, der Wasserverteiler.

Die letzten zwei Urlaubswochen verbrachten sie in Marrakesch. Kaum waren sie in ihrem Hotelzimmer, zog Walter ein Päckchen Haschisch aus seiner Hosentasche. Ruth hatte nicht einmal bemerkt, wo er es gekauft hatte. Sie rauchten.

Ruth kannte die Wirkung von Haschisch, aber das, was in diesem Hotelzimmer mit ihr geschah, war ihr fremd, nur noch fremd. Walter lachte über ihren Verdacht, es sei gar kein Haschisch, vielleicht, dachte Ruth, während sie langsam weiterging, war diese Schmerzleiter, die ich hinaufkletterte, wirklich nur in mir, und Walter hat nicht gelogen. Walter, der verärgert das Hotelzimmer verließ, ihr „Getue" nicht mehr aushielt, und Ruth war unfähig, ihn zu bitten, er solle bleiben. Sie konnte nicht sprechen, nur unartikulierte

Laute stieß sie aus. Sie hatte noch immer das Gefühl zu verdursten, aber wohin sie auch ging, zu dem Krug mit dem Wasser auf dem Tisch, dem Wasserhahn im Zimmer, dem Wasserhahn auf dem Gang, immer war bereits eine Gestalt vor ihr an dem Ort, trank den Krug leer, ließ sie nicht zu dem Wasserhahn im Zimmer, ließ sie nicht zu dem Wasserhahn auf dem Gang. Ruth konnte kaum gehen, sie blieb in der offenen Tür stehen, der einzige Platz, von dem aus sie alle drei Wasserstellen beobachten konnte, sie wollte die Reihenfolge des Ortswechsels dieser Gestalt herausfinden, aber kaum bewegte sie sich zu dem einen Ort, wechselte die Gestalt ihren Rundgang und war wieder vor ihr da.

Ihr Gehör versagte noch tagelang; nachdem ein Mann sie in letzter Sekunde vor einem Bus weggerissen hatte, traute sie sich nicht mehr, das Hotel zu verlassen. Da erst hat es dann wirklich angefangen, dieses Beschuldigen und gegeneinander Schweigen und aneinander Vorbeireden, und heute weiß ich nicht mehr, wie viele Sätze ich von Walters Sätzen falsch verstanden habe – erst nach Tagen habe ich wieder richtig gehört.

Zu Hause trug Walter ihren Koffer aus dem Vorraum in das Schlafzimmer. Ruth beobachtete ihn erstaunt, nicht ein einziges Mal während der Rückreise nach Wien hatte er ihren Koffer in die Hand genommen. Sie wartete, aber Walter kam nicht zurück, um auch seinen Koffer in das Schlafzimmer zu tragen, seiner stand weiterhin im Vorraum. Ruth ging in das Schlafzimmer. Walter hatte ihre Toilettesachen ausgepackt, in ihren Dosen gekramt, ihr Puder verschüttet, das sie vor wenigen Tagen einer Marokkanerin abgekauft hatte, viel zu teuer, unfähig zum Handeln. Der weiße Schlafzimmerboden nun rosarot. Walter sah sie im Spiegel, sie sah Walter im Spiegel, er grinste, ging mit den Haschischpäckchen an ihr vorbei, das verstreute Gesichtspuder kitzelte in ihrer Nase, auch Walter nieste, lachte, das Puder auf seinem

Handrücken blies er ihr ins Gesicht: „Sei froh, dass du es nicht wusstest, hätte dich ein Zöllner gefragt, du hättest uns doch nur verraten." Ruth fragte ihn: „Hast du jetzt wirklich ‚uns' gesagt?" Er antwortete nicht mehr. Auch nicht auf ihre Frage, wie er es schaffe, sich abends einzurauchen und am nächsten Tag Menschen, die das gleiche taten wie er, zu verurteilen. Ohne Antwort bleibend, war es für eine, die daran gewöhnt ist, verraten zu werden, leichter zu vergessen. Woher kam jetzt dieser Satz? Wer hat mich denn noch verraten? Es fiel ihr niemand ein, es fiel ihr kein Verrat ein, außer dem alltäglichen ... Aber der ist mir doch vertraut, wie allen Menschen.

Du hast deine Frage vergessen, wozu bist du fähig? Komm, lösch das Licht, wie kalt deine Hand ist. Eine kalte Hand zwischen warmen Händen, kalte Hand, warme Hände, fremde Hände, bleibende Hände.

Ruth warf die Ansichtskarte in den Mistkübel.

Der Türöffner summte, dieses Mal aber dehnte sich der Gang nicht leer vor Ruth aus, Martha stand gleich hinter der Eingangstür, hatte auf sie gewartet. „Nein", antwortete sie auf Ruths Frage, ob sie denn jeden Tag während der Besuchszeit hier gestanden sei, nein, nein, heute zum ersten Mal. Sie bekomme jetzt weniger Medikamente, könne wieder allein gehen. Oder andere Medikamente, dachte Ruth, die Flecken in ihrem Gesicht sind geblieben, waren jetzt von einem schmutzig wirkenden Braun, das rechte Lid hing leblos herunter, verdeckte das Auge fast, am Hinterkopf eine große runde Glatze. In ein paar Tagen werde sie entlassen, Franz habe ihr versprochen, bis dahin ein neues Wohnungsschloss an ihrer Tür anbringen zu lassen, trotzdem habe sie Angst davor, in die Wohnung zurückzukehren. Ihr Freund, bei diesem Wort zuckte sie zusammen, der Mann, korrigierte sie sich, den sie einmal für ihren Freund gehalten habe, er sei sehr stark, und, wie sie am eigenen Körper erfahren habe, zu allem fähig.

Martha hängte sich bei Ruth ein, meinte: „In einem sind wir uns sehr ähnlich, Ruth. Lass mir deinen Arm, bitte. Ist es dir nicht aufgefallen, dass wir die gleiche Art haben, über uns zu reden: Bruchstücke, eingestreute Sätze, abgebrochene Sätze, Episoden – eben Stückwerk. Kennst du den Geschmack des Moores? Es schmeckt bitter, und es sind viele kleine Tiere darin, die fressen deine Zunge auf. Als nur noch mein Kopf aus dem Moor heraussah und meine Hände, die Hände nicht zu vergessen, die Hände mit den Briefen, sie durften nicht schmutzig werden, das verstehst du doch, wurde ich stumm. Inmitten des Moores kannst du nicht schreien. Bei jedem Schrei glaubst du zu ersticken.“

Martha hatte den Kopf zurückgelehnt, die Augen geschlossen. Ruth beobachtete sie, ihr geteiltes Gesicht, die linke Gesichtshälfte wirkte ruhig, in der rechten hingegen ein panischer Ausdruck. Was sieht sie hinter den geschlossenen Lidern? Jetzt sinkt der rechte Mundwinkel nach unten, diesen schiefen, hilflos wirkenden Mund anstarren, warum bin ich unfähig, sie in die Arme zu nehmen, sie zu streicheln, warum sitze ich lieber stumm und steif neben ihr. Diese Unfähigkeit zu einer einzigen liebevollen Geste. Zu einem vertraulichen Wort. Ich hasse mich. Aber auch der Hass treibt mich nur weiter weg von ihr, und es gibt wie immer nur mich.

Natürlich kenne ich das Moor, sprachloses Dasein, lange genug habe ich mich darin bewegt. Die Wüste ist dagegen eine friedliche Landschaft, der Sand zwischen den Zähnen ein Genuss und der Durst ein Beweis, dass du noch lebst. Der einzige Unterschied zwischen uns ist die Zeit: Ich war darin, sie ist darin. Warum aber stelle ich die Zeit zwischen uns, als müsste ich mich vor Martha schützen, als könnte sie mich zurückholen ins Moor?

Ein Schatten fiel auf Ruth, sie erschrak, sah auf, Martha stand vor ihr, sie hatte ihre Bewegungen nicht bemerkt. Martha packte sie an den Schultern, schüttelte sie: „Ich halte dein Schweigen nicht aus! Ich halte das nicht mehr aus! Ich bin doch kein Schauobjekt! Sag etwas, so sag doch etwas!"

Ruth dachte, sie hat recht, atmete auf, als Martha ihre Hände wegnahm und sich wieder neben sie setzte. Sie suchte nach Sätzen, sagte den erstbesten, der ihr einfiel: „Ich finde deine Arbeit sehr wichtig." Martha fing zu lachen an, zwischendurch einzelne Sätze: „Das glaubst du selbst nicht! Diese Arbeit! Franz und ich sind doch Überbleibsel aus einer längst vergangenen Zeit, in der der einzelne noch etwas zählte, in der eine Stimme noch Gehör fand. Oder hat es diese Zeit nie gegeben?" Nachdem sie sich beruhigt hatte, entschuldigte sie sich bei Ruth, dass sie sie unterbrochen hatte. Ruth befahl sich zu reden, redete vor sich hin, redete mit veränderter Stimme, als sie ihren jammernden Tonfall bemerkte, verstummte sie sofort. Du redest wie deine Mutter! Das gleiche Vor-dich-Hinjammern, die gleichen unbestimmt bleibenden Klagen, die nur verbergen, nichts klären. Dahin nicht kommen wollen. Die eigene Mutter als Warnung. Die veränderte Mutter. All diese Veränderungen in den Menschen um mich.

Franz rief an, erkundigte sich, wie es ihr mit der Übersetzung gehe, ob sie noch nicht von der Vernichtung der Erde träume. Ruth schwieg, sie hasste solche Gespräche am Telefon.

Tagelang keine Post.

Ruth brachte Franz die Übersetzung nach einer ihrer Behördenrunden. Franz wirkte unruhig, er suchte etwas, fand eine Tablettenschachtel, legte sie weg, suchte weiter zwischen den Mappen, Papierstößen und Büchern, die sich auf seinem Schreibtisch türmten, auf Sesseln, die er neben seinem Stuhl gruppiert hatte, zog wieder eine Schachtel mit Tabletten zwischen zwei Aktenordnern hervor, holte sich ein Glas Wasser, gab zwei Tabletten hinein, die Hand, die nach dem Glas griff, stieß das Glas um, die weiße Flüssigkeit bildete eine Lache auf dem Tisch, verwischte die Schrift auf einem Blatt Papier, verwischte Zahlen auf einem anderen, rann den Tisch hinunter, tropfte dann geräuschlos auf den Teppichboden. Ruth und Franz beobachteten die Tropfen.

Franz bat sie, ihm noch einige Berichte zu übersetzen. Durch Marthas Abwesenheit sei viel Arbeit liegen geblieben und Martha arbeite noch sehr langsam. Ruth rechnete sich schnell aus, wie viel sie in zwei Wochen übersetzen könnte, ärgerte sich über sich, als sie es bemerkte. Ich habe mir doch verboten zu hoffen, an einer Wiener Schule Stunden zu bekommen, keine Träume, vor allem keine aussichtslosen. Die andere Stimme aber fragte, warum eigentlich nicht, vor einigen Monaten hast du den Kopf geschüttelt über solche Stammbuchsprüche: „Bescheidenheit sei deine Zier ..." Bevor die Schüler Ruth ihre Stammbücher gegeben hatten, kannte sie diese Art Bücher nicht. Sie hatte sie mit nach Hause genommen, in ihnen gelesen, in allen standen ähnliche Forderungen: „Sei wie das Veilchen im Moose ...", hatte dann die Schüler gebeten, die Stammbücher ihrer Eltern, Großeltern in die Schule mitzubringen – die Stammbücher dreier Generationen lagen auf den Schulbänken, der Inhalt hatte sich nicht verändert, nur das Papier in den Stammbüchern der Großeltern war vergilbt, die rechten Seiten, auf die Kinder in den Jahren 1943, 1944 geschrieben hatten: „Marmor, Stein und Eisen bricht, aber unsere Freundschaft nicht"; und die linken Seiten mit den Fotos der Kinder, Kinder in Uniformen, bevor sie in den Krieg geschickt wurden, als hätten sich die Kinder nicht auf die Sprüche allein verlassen wollen, dass sie dem Freund damit in Erinnerung blieben, worauf war Verlass in jenen Jahren? Diese ernsten Kindergesichter, diese kindliche Schrift, die Großväter mussten die Stammbücher auch an die Front mitgenommen haben; „Zur Erinnerung an die Schlacht bei ...", las Ruth öfter, fremde Ortsnamen standen da, manche Namen, die es seitdem nicht mehr gab. Nach dem Krieg hörten die Eintragungen in den Stammbüchern der Großväter auf. Die Schüler hatten für die vielen Fotos eine andere Erklärung als die Lehrerin, das sei damals noch etwas Besonderes gewesen, wie heute ein Computer oder vor einigen Jahren ein Walkman. Auf die Uniformen musste sie sie eigens hinweisen, auf die ernsten Gesichter. Ruth suchte tagelang in ihren Büchern nach geeigneten Sätzen. Sie fragte sich, ob sie unfähig war sie zu finden, oder ob es sie für diese Schüler, die sich für Stammbücher und Videospiele gleichzeitig begeistern konnten, noch nicht gab.

In zwei oder drei Wochen also, zwei oder drei Wochen hätte ich Zeit für die Übersetzung, in Niederösterreich beginnt die Schule auch früher und in dem mir fremd gebliebenen Burgenland.

Zwischen dem Neusiedler See und Ungarn hatte sie vor Jahren einen Winter verbracht, die Schneeverwehungen in der Ebene, diese weiße Fläche, da gibt es keinen Weg mehr, da gehst du hinein und kommst nirgendwo an.

Aber vielleicht ist es jetzt anders, in vier Jahren erneuern sich alle Körperzellen, meine Augen haben neue Zellen, keine Zelle von mir ist über diese Ebene gegangen, ja, es wäre möglich, dass die neuen Zellen anders empfinden, wie es möglich wäre, mit den Übersetzungen fertig zu werden, wenn ich intensiv arbeite, aber wenn es so weitergeht wie in den letzten Tagen, dann schaffe ich keinen einzigen Bericht.

Ruth nahm die Mappen, die Franz ihr reichte.

Die Tür zu Marthas Büro war geschlossen. Ruth klopfte. Martha rief: „Herein!" Als sie Ruth sah, sprang sie auf, nahm einen Stoß Zettel vom Schreibtisch, lief damit zu ihr, hielt sie ihr vors Gesicht, lachte. Sie sei wieder gesund, hier sei der Beweis: viele Briefe. Jeden Tag wieder die gleichen Briefe.

Jeden Tag wieder sinnlose Briefe schreiben – ihre Stimme klang zynisch. Ruth wollte sie unterbrechen, aber Martha ließ es nicht zu. Sie habe aufgehört, sich zu fragen, was das für eine Zeit sei, in der „alle Taten sinnlos“ seien. Sie wolle dieses Wissen wieder vergessen. „Denn vielleicht irre ich mich, wie ich mich irrte, als ich glaubte, ich sei endlich wieder eine alleinstehende Frau, eine ...“

Martha hatte sich in die Nähe der Tür gestellt. Ruth dachte, sie ist noch immer krank. Sie hatte das Gefühl, Martha würde sich sofort vor die Tür stellen, wenn sie versuchte wegzugehen. Diese Vermutung beschäftigte sie. Zugleich dachte sie, warum hört sie nicht auf zu reden, warum erzählt sie mir das?

„Pascal, mein Freund, welch ein Freund, hat mich vorm Krankenhaus erwartet. Er! Nicht du und nicht Franz. Ich war froh, dass er da war. Ich hatte Angst davor, nach Hause zu gehen, in die leere Wohnung zu kommen. Den wirklichen Grund meiner Angst hatte ich vergessen. Ich war zu allein mit ihr. Warum hast du mich nicht abgeholt?“

„Ich habe es dir angeboten. Du wolltest nicht.“

„Ich erinnere mich nicht. Aber vielleicht hast du recht. Du hast auf meine Hilflosigkeit so hilflos reagiert, dass ich von dir keine Hilfe erwartete. Pascal hingegen hat starke Schultern. Du siehst mich so entsetzt an, dabei ist es doch so naheliegend: Wenn es nichts zu erwarten gibt, kehrt man zurück ins Alte. Pascal lud mich zum Essen ein. Ich nahm ihn mit in die Wohnung, angeblich wollte er nur seine Sachen zusammenpacken. Er weinte. Er bettelte. Er habe nur mich, ich könne ihn doch nicht einfach auf die Straße schicken. Ich weiß, was du denkst, falls du mir zuhörst: das Übliche. Genau das dachte ich auch. Aber in der Nacht gab es diesen starken Körper, gab es seine Schulter für meinen Kopf. Und am nächsten Tag ließ ich ihm einen Schlüssel für das neue Schloss machen. Alle Erkenntnis hat nichts genützt. Es waren Kopfspiele, sonst nichts. „Wo mein Wehren einen Sinn hätte, ein Ergebnis bringen würde, bin ich unfähig dazu. Wie meine Mutter! Deshalb erzähle ich dir das. Ich kann deine Phrasen nicht mehr hören: ‚Wie mutig deine Mutter war!' – Ja, sobald sie das Haus verlassen hatte. Aber kaum tauchte irgendwo der Hut meines Vaters auf, war sie unterwürfig, ängstlich, die reinste Sklavenseele kam zum Vorschein. Sie war sich nicht zu gut dafür, ihm die Füße zu waschen, mit denen er in andere Betten stieg. Deine Widerstandskämpferinnen waren nicht besser als wir. Schau sie dir doch an: Sie wollten die Menschheit retten und konnten sich selbst nicht helfen."

„Ich verstehe dieses Denken nicht. Selbst wenn es so wäre, wie du sagst, zählt deshalb ihr Widerstand weniger? Ihr Leben ist doch keine mathematische Formel, wo sich eins durchs andere aufhebt."

„Hör mir auf mit diesen Frauen. Du bist ja nicht normal!" Die Wiederholung mancher Sätze. Sie redet genau wie Walter, als ich ihm erzählte, dass ich meine Abschlussarbeit in Geschichte über Frauen machen will, die während der Nazizeit in Betrieben Sabotage verübten. Er legte das Essbesteck weg, fixierte mich kurz, dann verkündete er sein Urteil über mich: „Dein Interesse an diesen Frauen ist nicht normal!"

Ruth war aufgestanden, zu einem der Bücherregale gegangen und hatte die Bücher vor ihn hingeschmissen. Rosa Luxemburg landete in der Sauce und hinterließ zahlreiche Spuren, die Bauernkriege verdrängten die Nudeln aus dem Teller, Josef II. bekam noch einmal die Möglichkeit, einen Vanillerostbraten zu essen. Friedrich Heer gesellte sich zu ihnen, die anderen mussten sich mit dem Teppich begnügen. Zuletzt hielt sie die *Ästhetik des Widerstands* in der Hand.

„Nein", sagte sie laut, „die ist zu schade für dich", verließ das Zimmer. Jede andere Antwort war sinnlos geworden, wenn einer sich so verändern kann, wenn einer sich nicht mehr an sich erinnert, an sein Anderssein, es ist doch noch nicht so lange her, dass wir die Nächte durchdiskutierten über Geschichtstheorien, die frauenfeindliche Gesetzgebung, wie viele Bücher haben wir gemeinsam gelesen, und nun lässt er sich nur noch zu einem Urteil über mich herab.

Doch bei Martha die flatternden Augenlider, die sich überschlagende Stimme. An Walter habe ich keine Spur von Unsicherheit bemerkt, seine Stimme hat ganz anders geklungen, ich hatte plötzlich das Gefühl, er will mich zerstören, er will alles in mir zerstören, was ihn an sich erinnert, wie er war.

Warum diese Reaktion bei einer Frau? Warum jetzt diese Bloßstellung ihrer Mutter? Mutter/Tochter – immer nur Brüche? Ist unsere Selbstverachtung so groß, dass wir den Wechsel brauchen, die Frauenwelt schwarz/weiß. Das mächtige Schwarz, das Weiß nur grau in seinem Schatten. Worin bewege ich mich? Versuche ich, das Grau mit Weiß zu übermalen? Verleugne ich die Dunkelheit, in der ich herumirre, sobald ich an meine Mutter denke, von der ich so wenig weiß, an die ich mich kaum erinnere. Nur ihr Sterben ist geblieben. Dieses langsame Sterben, dieses jahrelange Sterben.

Martha hat erreicht, was sie wollte – ich verachte sie, auch wenn ich dadurch an jener Teilung mithelfe, die wir bereits als Kinder einübten: Die Schlechten ins Kröpfchen, die Guten ins Töpfchen.

Marthas Mutter vor dem 5. Senat, dem fliegenden Senat, dem Todessenat im roten Talar, blutrot, nicht morgenrot.

Schweigend ist Frau Bachdonsky vor dem Richter gestanden, dessen Hass darüber war noch in dem Urteil zu erkennen. Und vorher? Was war vorher: die Zelle, die Gestapo, die Folter, ihr Schweigen – immer? Und dann wieder die Haft und dann der Transport und dann Ravensbrück. Über all das kein Wort, sooft ich Martha auch fragte. Hat sie ihre Mutter danach gefragt, hat ihre Mutter geschwiegen, wie Martha geschwiegen hat? Aber Martha war es, die mir von ihren Aufrufen erzählte: „Verkürzt den Krieg! Übt Sabotage im Betrieb!" Stundenlang hat mir Martha von ihrer Mutter erzählt, von ihren Sabotageakten, davon, dass sie ihre Artikel, ihre Aufrufe doch zuallererst an sich selbst richtete: „Wie könnte ich von anderen etwas erwarten, wenn ich es nicht von mir erwarte!" Ihre Worte/Marthas Worte – wodurch hat sich Martha so verändert?

Ruth erinnerte sich an ihre Freude, als sie Marthas Namen im Telefonbuch fand, nachdem sie den Akt „Ingeborg Bachdonsky" gelesen hatte. Ein seltener Name: Bachdonsky. Die Möglichkeit, dass Martha Bachdonsky eine Verwandte von Ingeborg Bachdonsky war, erschien ihr nicht ausgeschlossen. Als sich jedoch herausstellte, dass Martha die Tochter war, wurde Ruth befangen, vor allem als sie hörte, dass ihre Mutter erst vor einem Jahr gestorben war. Aber Martha zerstreute all ihre Bedenken, lud Ruth sofort zu sich ein, hatte ein Essen gekocht, war glücklich, dass endlich jemand nach ihrer Mutter fragte, ihre Bedeutung erkannte.

Martha wollte wissen, wovor Ruth Angst habe?

Ruth ärgerte diese Frage, sie wollte ihren Ärger nicht zeigen, bemühte sich, möglichst ruhig zu antworten: „Vor der Umkehrung aller Werte. Vor zwei Jahren wolltest du deiner Mutter am liebsten noch ein Denkmal bauen und heute –?" Martha lachte kurz auf: „Heute sehe ich sie endlich so, wie sie wirklich war. Du hast doch nur Angst davor, erkennen zu müssen, dass deine Erinnerungen Wunschbilder sind! Sie war nicht, wie du sie sehen möchtest, wie ich sie sehen wollte. Sie nicht und wahrscheinlich auch keine der anderen Frauen. Wozu die retuschierten Bilder am Leben erhalten? Anscheinend war es leichter für sie, gegen den übermächtigen Faschismus Widerstand zu leisten, als sich gegen den Ehemann zu wehren oder sich von ihm zu trennen. Aber dieser Gedanke ist für dich ja undenkbar. Du hast sie nicht erlebt. Es war ekelhaft!“

Jetzt antwortete Ruth genauso laut und gereizt wie Martha: „Und es ist ekelhaft, wie du plötzlich über sie redest. Du benützt sie doch nur als Ausrede für dein Verhalten!“

„Da irrst du dich. Ich sehe nur die Ähnlichkeit zwischen uns, aber die darf es anscheinend in deinen Augen nicht geben!“

„Was ist das für ein lächerlicher Vergleich außerhalb der Zeit! Woher hätte sie nach den Jahren im KZ denn die Kraft nehmen sollen, sich weiter zu wehren! Überlege doch einmal!“

Martha machte Ruths Stimme nach: „Überlege doch einmal! Überlege doch einmal! Du kannst nur für meine Mutter denken, nicht für mich. Meine Mutter aber ist tot! Ich hingegen, ich lebe! Geh! So geh endlich! Für dich gibt es ja doch nur die Vergangenheit!“

Ruth betrachtete ihre Hände, manchmal glaubte sie, sie seien durchsichtig. Sie nickte, ohne es zu bemerken, ging langsam aus Marthas Zimmer, verabschiedete sich von Franz, ging die Stiegen hinunter, spazierte ziellos durch die Stadt, befand sich irgendwann am Donaukanal, begann zu laufen, lief den Donaukanal entlang, lief durch den Prater, lief, bis sie müde war und sie sich wieder vorstellen konnte, an ihrer Übersetzung weiterzuarbeiten. „Arbeiten, was denn sonst!“, schrie sie einen Baum an, was denn sonst, sagte sie noch zu sich, während sie den Schlüssel ins Schloss steckte.

In diesem Moment erinnerte sie sich an die Post. Sie stieg die zwei Stockwerke wieder hinunter, nahm die Prospekte und Kuverts aus dem Briefkasten, ging in ihre Wohnung hinauf.

Oben sah sie alles durch – kein Brief beendete das Warten, das nun aus den Zimmerwänden wieder auf sie zukam. Sie legte die Mappen auf den Schreibtisch, ging in der Wohnung auf und ab, öffnete einige Male die Kühlschranktür, leer war der Kühlschrank, sie wollte nicht noch einmal hinausgehen, setzte sich an ihren Schreibtisch, schlug die oben liegende Mappe auf, sah ein weißes Blatt Papier, schlug die Mappe wieder zu, die fiel auf den Boden, Zettel rutschten heraus, lagen verstreut: weiße Blätter, dazwischen weiße Blätter mit schwarzer Schrift.

Während sie den ersten Absatz las, kam wieder dieses stoßweise Lachen. Immer öfter zögerte es die Arbeit hinaus. In diesem Lachen verschwammen die Sätze, platzten Gehirnzellen, gingen Vokabeln verloren. Der Griff nach dem Wörterbuch, einmal, ein zweites Mal, früher lag es wochenlang unbenutzt neben meiner Arbeit – „früher!", das ist heute auch nur ein Stichwort, das ich nicht mehr hören kann! „Früher", das Sprachwunder, Wunderkind, so ein Gedächtnis, so eine Sprachbegabung ... für alle Sprachen begabt, außer für die eigene!

Ruth zog das Blatt Papier aus der Schreibmaschine, sah sich die Zeile an, hängte den Zettel mit einem Klebstreifen an das Bücherregal vor ihr. Nur fremde Sätze sind in mir, dieser fremde Satz kann warten, zuerst die anderen fremden Sätze, zuerst die Arbeit, die Zeit nützen, die Zeit ohne Lachen.

Ruth spannte ein neues Blatt ein und tippte schnell in die Schreibmaschine. Zwischendurch immer wieder ein Blick auf den Zettel am Bücherregal. Ist dieser Satz noch immer gültig? Ist die Zeit, in der du ohne eigene Sprache warst, in der du in den Sprachen der anderen existiertest, nur in denen der anderen, noch nicht vorbei? Dabei bist du gewarnt worden. Einmal wird jeder gewarnt. Und du weißt auch von wem. Du wolltest die warnende Stimme nicht hören. Evas Stimme: „Du bist für alle Sprachen begabt, außer für deine eigene." Nur keine Zweifel. Lieber bei den anderen, als bei den eigenen Zweifeln. Bei den anderen konntest du Eva vergessen, konntest du ihre Warnung vergessen. Vielleicht hast du zu viel vergessen, warst zu lange fort. Ohne die Sätze der anderen wurdest du sprachlos. Ohne Sprache aber ist nichts.

Von denen, die nichts zu sagen haben, redet man nicht. Monatelang hat es dich nicht gegeben. Du warst im Moor. Im Moor ist jede allein. So allein, dass du oft nicht mehr wusstest, dass es außer dir noch Menschen gibt. Das Moor bestimmte über dich – warum hast du es über dich bestimmen lassen?

Warum hast du dich an deine Angst geklammert, noch jetzt erinnerst du nur die Blasen, die sie warf, die dumpfen Geräusche, wenn sie zerplatzten. Warum bist du nicht auf den Grund getaucht, hast lieber deinen Kopf gerettet, wenigstens den Kopf retten! Du glaubst, diese Zeit ist vorbei. Sie muss vorbei sein, sagst du. Hast du dich denn aus dem Moor befreit? Oder hat es dich, langsam, ganz langsam so weit freigegeben, wie es ihm beliebt, und du bemerkst nur nicht, dass du noch immer in ihm bist?

Es läutete. Ruths Weigerung, das Läuten wahrzunehmen, brachte die Klingel nicht zum Verstummen. Verärgert unterbrach sie ihre Arbeit, ging zur Tür. Durch den Türspion sah sie den Mann, der unter ihr wohnte. Manchmal, wenn sie an seiner Tür vorbeiging, öffnete er sie abrupt und starrte ihr nach. Ruth hängte die Sicherheitskette ein, ein Türflügel an den anderen gekettet, er oder ich hinter der Kette, die Sicherheit durch eine Kette, die Tür war nur einen Spaltbreit offen.

Die Stimme des Mannes war laut, sie hallte im Stiegenhaus, Ruth starrte auf die Kette, die Stimme würde doch das Metall nicht durchschneiden, langsam begriff sie, was der Mann von ihr forderte. Mit dieser Forderung habe ich nicht gerechnet, warum denn gerade heute, nicht heute diese Existenzbedrohung, was ist, wenn ich keine Stelle bekomme, was ist dann, wenn ich nicht zu Hause arbeiten darf. Sie dürfe nicht Maschineschreiben, das sei kein Bürohaus, er wolle seine Ruhe haben, endlich, er habe sich das lange genug angehört, wenn sie nicht sofort damit aufhöre, werde er die Hausverwaltung anrufen oder die Polizei. Wenn das Wort „Ruhe" im Stiegenhaus herumirrte, durch den Türspalt schlüpfte, sich an der Kette rieb, die Kette zum Klirren brachte, spürte Ruth wieder den Lachreiz.

Am nächsten Tag hatte Ruth Angst, zum Briefkasten zu gehen. Sie wartete bis drei Uhr, um nur einmal hinuntergehen zu müssen, ging mit den Hausschuhen, als sie es bemerkte, kehrte sie um und zog Schuhe an. Der Briefkasten war leer.

Sie ging die Stiegen wieder hinauf, im ersten Stock stand der Mann, der unter ihr wohnte, in seiner Tür. Ruth wollte weitergehen, konnte nicht, der Mann kam auf sie zu, unhörbar in seinen Filzpatschen, Schritt für Schritt.

Er entschuldigte sich für sein Verhalten, reichte ihr einen Brief, den er gestern im Stiegenhaus gefunden und dann in seiner Aufregung vergessen habe. Ruth bedankte sich, ging in ihre Wohnung, drehte das Kuvert um, las den Absender, riss es auf, begann zu lachen, hörte sich ihr Lachen an, erkannte ihr Lachen wieder, endlich kann ich wieder richtig lachen. Ihr Rücken glitt an der Tür hinunter, sie blieb an die Tür gelehnt sitzen, mit dem Brief in der Hand.

Es jedem Gegenstand einzeln zuflüstern wollen: Ich werde arbeiten, bald werde ich arbeiten, hörst du, ich werde arbeiten! Keine Anstrengung war umsonst und kein Verzicht, und kein Bittgang war dafür notwendig und keine Falschheit und keine Demütigungen. Ich, ich werde gebraucht. Mein Wille geschieht.

Für einen Moment nur Freude, fast vergessene Eindeutigkeit der Gefühle. Dann mischte sich Enttäuschung in sie, gegen die sich Ruth wehrte, aber wie wehrt man sich gegen sich, wenn eine Stimme, die doch auch die eigene, einen an die verbotenen Hoffnungen erinnert und eine andere sich weigert, Wien zu verlassen und nach Gmunden, in diese Kleinstadt, zu gehen. Ruth versuchte sich Gmunden vorzustellen. Suchte Hilfe bei Peter Altenberg, las: „... dieses geliebten Sees bewaldete Ufer mit meinen Augen tieffreudig zu genießen!“ – und sah den See und die Wälder, sah Gmunden, sah alles abgebildet auf vielen Ansichtskarten, die aus einer Schachtel herausgequollen waren, auf dem Boden lagen, aber wo sie diese Schachtel in den Händen gehalten hatte, wusste sie nicht mehr.

Es war eine Schuhschachtel, die mit einem Band zusammengebunden gewesen ist. Ruth hatte das Band durchgeschnitten, aber auch darüber war sie unsicher, vielleicht hatte sie es aufgeknotet oder daran gerissen. Jedenfalls hatte sie die Schachtel geöffnet und war enttäuscht gewesen, daran erinnerte sie sich, als diese vielen Ansichtskarten von Gmunden um sie herum lagen, alle mit derselben Handschrift beschrieben, aber an wen sie adressiert waren und von wem, hat sie ebenfalls vergessen.

Ruth stand auf und scheuchte die Tauben aus dem Zimmer.

Sie entschied sich abzureisen, sobald sie mit der Übersetzung fertig war, auf niemanden zu warten, auf nichts zu warten, vor allem auf kein Heimweh vor der Zeit.

Komm über den See.

SIE
Vor jeder Erinnerung das Wissen: Alle Sätze in dieses Gestern können nur Brücken zu Inseln sein, was sie verbinden ...

In diesem Raum war es, beim Morgengrauen war es, dass wir uns verabschiedeten. Er sagte, ich halte dieses Leben nicht mehr aus, was immer wir tun, es ist zu wenig, auch wenn es weiterhin getan werden muss, von dir getan werden muss, jemand muss es doch tun, ich aber muss zu den Partisanen gehen. Du wirst es schaffen, du kennst die Treffpunkte, kennst die Menschen, denen du vertrauen kannst, kennst die Losungen, die geheimen Orte, die Adressen, wo du das Geld abholen musst, und die Adresse, wo du das Geld hinbringen musst, kennst alles ... Nein, sagte er, mitgehen kannst du nicht, in den Bergen sind nur Männer, und außerdem, das Kind, wir können doch das Kind nicht in die Berge mitnehmen, du musst hierbleiben, hier im Tal, was wären wir in den Bergen ohne euch im Tal ...

Ich blieb, ich und die anderen Frauen, wir blieben da, wo es die Männer nicht mehr ausgehalten hatten ...

Ohne die anderen Frauen hätte ich den Faschismus nicht überlebt, auch wenn wir uns nur selten trafen, jedes Treffen schwierig war und keine Zeit blieb für uns; dass es die anderen Frauen gab, dass du an sie denken konntest, wenn du allein warst, und du warst immer allein in dieser Zeit, das genügte, musste genügen ...

In den ersten Wochen, sagt sie, war seine Abwesenheit ein Schock, auf einmal stehst du der Wirklichkeit allein gegenüber, keiner steht mehr neben dir, keiner, den du fragen kannst, keiner, von dem du gefragt wirst, keiner, der einmal statt deiner nachts die Tür öffnet in der Zeit, da sie jede Nacht kamen, da du ihnen jede Nacht die Tür öffnen musstest, keiner, der einmal statt deiner nachsah, ob die Tür auch wirklich wieder zugesperrt ist hinter ihnen, keiner ...

Draußen ist es dunkel geworden, sternlose Nacht über den Tälern der Frauen, die das Korn mahlten, das Wild räucherten, die Medikamente besorgten, die Waffen und den Sprengstoff organisierten, die Flüchtenden bargen, den Durst stillten und den Hunger, Geld sammelten und die Verbindungen webten, und hinter mancher Tür ein alter Mann, der zu ihnen gehört hatte in der erinnerten Zeit ...

Wir Frauen, sagt sie, sorgten dafür, dass die Männer in den Bergen leben konnten, dass sie kommen konnten, sie kamen nicht oft, außer im Winter, da vertrieb sie der Schnee zeitweise, vertrieb er sie von den Bergen, trieb er sie zurück in die Täler, in den Tälern warteten wir, wenn sie da waren, gingen wir auf die Straße und kehrten den Schnee um, ihre Spuren zu verwischen ...

Die Stadt war noch kleiner, als Ruth sie sich vorgestellt hatte. Kaum war sie in eine Straße hineingegangen, war diese bereits wieder zu Ende, nach wenigen Straßen befand sie sich am Stadtrand oder in Villengegenden. Bald kannte sie nicht nur die Straßen der Stadt. Jeder kannte hier jeden, ein Geflüster zog sich vom Westen nach Osten, und nur der See verlockte sie, wenn seine Ufer im Nebel lagen und es aussah, als würden die Möwen in das Nichts hineinfliegen, zu Träumen, die unbestimmt blieben und die die Berge ringsherum um keinen Millimeter versetzten.

Was tun mit all den Menschen, die sie mit ihrem Namen ansprachen, bevor Ruth ihn genannt hatte, denen ihr Name vertrauter war als ihr, die sich manchmal zuzwinkerten, wenn sie Ruth begrüßten, die Tag für Tag die gleiche Frage an sie stellten und die sich um keine Antwort kümmerten oder um jede. Ruth war nicht sicher, ob sich nicht in den Ohren der Verkäuferinnen feine Messgeräte befanden, die jede Schwankung, jede Abweichung ihrer Stimme vom Tonfall des vergangenen Tages aufzeichneten, auswerteten.

All die Menschen, die in den See gingen, vor den Augen der anderen einfach in den See gingen, bis ihre Füße den Boden verloren, den Boden, den sie am Ufer lange vorher verloren hatten, all diese Menschen gingen mit diesen höflichen Phrasen im Ohr in den See, vielleicht hatte sie noch am Ufer jemand gefragt: „Wie geht es Ihnen heute?“, hatte keine andere Antwort erwartet als die übliche, „Gut, danke der Nachfrage“, hatte mit jeder Miene, mit jeder Geste zu verstehen gegeben, dass es nur diese Antwort geben konnte, hatte höflich den Hut gelüftet, war weitergegangen, war wenige Meter entfernt, wieder den Hut lüftend, wieder die gleiche Frage stellend, wieder die gleiche Antwort erhaltend, stehen geblieben, der Wind kam an diesem Tag vom See her, ein frischer Wind, der die Worte aufheben und weitertragen konnte, die Frage und Antwort zu dem Verlassenen trug, sie in seinen Ohren ablegte, weiterblies, er allein ohne Schuld, und vielleicht war es genau diese Wiederholung, der es noch bedurfte, um die Stadt zu verlassen, die Schuhe auszuziehen, die Socken daneben hinzulegen oder in die Schuhe zu stecken, und hinauszugehen, wegzugehen aus dieser alltäglichen Alltäglichkeit, zu der auch der Anblick des Sees gehörte, von dem immer weniger gesprochen wurde, der die Sagen und Märchen zu sich zurückgeholt hatte, angesichts der Konkurrenz des Fernsehens. Seine Wellen, erzählten manche Alten, die des Erzählens noch mächtig, erzählten mit zahnlosem Mund und einer Stimme, deren Tiefe bereits aufhorchen ließ, seine Wellen, erzählten sie, hätten vor wenigen Jahren einen Monat lang geschäumt, rot sei der Schaum gewesen, nein, behaupteten andere, schwarz sei er gewesen. Warum, wüssten nur die Schwäne, die vor diesen Wellen davongeschwommen und nicht mehr zurückgekehrt seien, wie die, die ihre Schuhe am Ufer ausziehen, hinausgehen, um nirgends mehr hingehen zu müssen. Der alte Brauch, hier und nur hier, erzählte einer, sei er noch erhalten, du sollst gehen wie du gekommen bist und das Wasser nicht beschmutzen mit dem Dreck deiner Schuhe.

Und immer wieder Wien, jetzt als Erinnerung, der Ortswechsel nur in Gedanken, in die Zeit, als sie nach der Scheidung von Walter in ihre Wohnung gezogen war, sie lag in der Nähe eines alten Marktes, der Markt, seine Farben, sein Duft, sein lebhaftes Treiben, die verschiedenen Sprachen, war ein Grund gewesen, warum sie die Wohnung gemietet hatte.

Dieser Markt, der sich eines Tages von seinem Platz wegbewegte, ausdehnte, in ihre Wohnung hinein. Eine Gemüseverkäuferin kam zu ihr nach Hause, musterte sie freundlich vom Kopf bis zu den Füßen, stellte dann fest: „Sie sind ja gar nicht krank! Da bin ich ja ganz umsonst gekommen.“ Sie erzählte, während sie sich an Ruth vorbei in die Wohnung drängte: „Jemand hat behauptet, Sie beim Arzt getroffen zu haben." Sie sah sich in der Küche um, nahm den Deckel von einer Pfanne. „Das riecht ja gut, was ist denn das?" Ruth sah der Frau verblüfft zu, die war inzwischen in das Arbeitszimmer weitergegangen, schüttelte missbilligend den Kopf, aber was ihr nicht gefiel, behielt sie für sich. Ruth erfuhr es am nächsten Tag auf dem Markt. „Wie halten Sie das nur aus, ohne Fernseher, das ist doch kein Leben!" Doch, dachte Ruth, für mich ist es das einzig mögliche inzwischen.

Ich wäre genauso süchtig wie ihr, jeden Abend würde ich davor verbringen. Die fremden Städte mit den immer gleichen Hotelzimmern. Kaum hatte ich die Tür hinter mir geschlossen, führte mich mein erster Weg zum Fernseher. Den ganzen Tag hatte ich wie ein Automat funktioniert. Nun funktionierte der Automat für mich. Welch ein abwechslungsreiches Leben!

Ruth mied den Markt von diesem Tag an, aber er dehnte sich weiter aus, verteilte sich über die Stadt.

Sie hatte mit einer Klasse den Dom besucht, den die Wiener nach dem ersten für seine christliche Überzeugung Gesteinigten getauft hatten, dessen Name in aller Munde, dessen Name sie nicht hinderte zuzusehen, wie andere gesteinigt wurden, oder selbst den Stein in die Hand zu nehmen und ihn zu werfen, einmal und noch einmal, bis zum letzten Mal.

Sie verabschiedete sich von den Schülern, ging über den Stephansplatz, wollte zu Fuß nach Hause gehen, da hörte sie ihren Namen, sie blieb stehen, sah sich um, sah eine Frau winken, die Frau eilte auf sie zu, ihre Stimme klang beleidigt: „Sie sieht man ja gar nicht mehr in letzter Zeit", und als sie umsonst auf eine Antwort wartete, fügte sie hinzu: „Unser Käse ist noch immer der beste, das sagen alle." Nun wusste Ruth wieder, wo sie die Frau gesehen hatte, der Käsestand in der Mitte des Marktes, sie war eine der Verkäuferinnen,

Ruth nickte, verabschiedete sich, wollte weitergehen, aber der Markt ließ sie nicht los. „Haben Sie inzwischen einen Fernseher?", hörte sie die Verkäuferin fragen und hörte sie weiterreden: „Die neue Frisur gefällt mir gar nicht, so schulterlange Haare haben doch viele Frauen, die langen Haare waren viel schöner! Tut es Ihnen nicht schon leid um die langen Haare?" Ruth war nach einem Schritt stehen geblieben, hatte zugehört, erstaunt, dass sie so ruhig blieb, als sie ihren Schrei den Stephansplatz entlanghetzen hörte, ihn ankommen hörte an den Domtüren, ihn die Domtüren öffnen hörte, seinen Hall durch das Domschiff bis zu den Glocken emporsteigen hörte, hörte, wie er die Glocken zum Läuten brachte, die „zurückgekehrten" Glocken, deren Verschwinden jährlich behauptet wird. Könnte ich doch noch an Wunder glauben – aber der Glaube an sie hatte sich aufgelöst in den Antworten der Erwachsenen, die alle Zweifel verbannten, die dem Kind die wirklichen Fragen aus dem Leib trieben, jenseits dieser Fragen war der Tod, der in das Leben herübergeholte, aus dem es kein Entkommen gab und doch ein Entkommen gab, ein mühsames, anstrengendes Entkommen, mit dem geretteten Blick auf den schmalen Streifen Hoffnung, die richtigen Fragen wieder zu lernen, wann, wenn nicht täglich.

Sie war dann in die verschiedenen Supermärkte ihres Bezirks und der angrenzenden Bezirke einkaufen gegangen, immer nur so lange in denselben, bis die Verkäuferinnen sie erkannten, das „Guten Tag, Frau ..." so aussprachen, als glaubten sie, Ruth erwarte von ihnen, mit ihrem Namen angesprochen zu werden.

Als Ruth die Scheidung einreichte, stellte sich heraus, dass sie viele Dokumente mit ihrem Mädchennamen unterschrieben hatte, weder ihr noch dem Standesbeamten war es aufgefallen. Sie erinnerte sich an ihr Zögern vor der ersten Unterschrift auf dem Standesamt, erinnerte sich, dass sie sich wie all die Tage zuvor wiederholte: Ein Name ist nicht wichtig ...

Der Standesbeamte räusperte sich, die Bekannten flüsterten bereits, ihre rechte Hand zitterte, das lenkte sie ab von ihrem Behauptungssatz, ließ sie staunen, ihr immer beherrschter Körper vergaß, sich zu beherrschen, und sie, in ihrem Staunen, war unfähig, ihm den Befehl dazu zu geben, und als sie sich endlich so weit gefasst hatte, dass sie den Befehl geben konnte, merkte sie, es lag nicht in ihrer Macht, sich zu beherrschen, der Körper ließ sich nicht zwingen, durch keine noch so eindringliche Stimme.

Walter bat den Standesbeamten um eine kurze Pause, er nahm ihre zittrigen Hände zwischen seine ruhigen, so führte er sie ins Freie und ging mit ihr auf und ab und sagte das einzig Richtige: „Wir müssen nicht heiraten, Ruth" – da konnte sie ihn wieder ansehen, und sie lachten beide, natürlich, sie mussten nicht heiraten, sie wollten sich doch lieben und achten, bis der Tod sie scheiden würde. Lachend gingen sie zurück in das Standesamt, ihre Hand, die wieder nach der Füllfeder griff, zitterte nicht mehr, Walter beobachtete sie, er flüsterte ihr seinen Namen zu, diesen einfachen Namen, ihn würde sie doch richtig schreiben können, wollte wenigstens seinen Namen richtig schreiben, wenn sie schon ihren nicht mehr schreiben durfte.

Ruth war Gmunden, die Stadt, die so wenig von dieser Zeit an sich hat und doch in der Zeit ist, unheimlich. Sie wurde das Gefühl nicht los, es ist ein Raum, mit Milch getüncht, und jeden Moment könnten die Fassaden abbröckeln, die Fratzen zum Vorschein kommen, die Menschen übereinander herfallen, wie schon öfter hier.

Sie ging zum See hinunter, in eine Bucht, ein kleiner Hund bellte die Wellen an, knurrte dann sie an. Sie redete ruhig auf ihn ein, bis er aufhörte zu knurren und sich neben sie legte, während sie versuchte, in Gmunden zu bleiben, ihre Augen auf den Traunstein zu richten, der heute ganz nah war. Aber noch näher war das Büro von Franz, war die geschlossene Tür zu Marthas Zimmer. Fünf Schritte hätten genügt, um zu ihr zu kommen. Diese fünf Schritte nicht gehen können. Meine Sehnsucht nach anderen Frauen – und die Sehnsucht, daran glaube ich, hat allemal recht. Aber warum bin ich unfähig, sie zu leben, warum sperre ich sie immer wieder weg und denke nur noch daran, eine Grenze zu ziehen zwischen mir und der anderen, nur noch daran?

Ruth hatte Franz vor ihrer Abfahrt die vorläufige Gmundner Adresse gegeben, war zur U-Bahn-Station Stadtpark gegangen, war ungeduldig auf und ab gelaufen, war ein paarmal an einer Frau in einem weißen Sommerkleid vorbeigekommen, war ganz in ihrer Nähe, als sich die Frau vor die einfahrende U-Bahn warf. Nein, nicht warf, sie ließ sich einfach fallen, immer wieder ließ sie sich fallen, es war nur das letzte Mal von vielen Malen, ihrem Gesicht, ihrer Haltung war nichts anzumerken, ruhig wartete sie auf ihren letzten Fall. Die Wartenden, die den Schritt zur U-Bahn machen wollten, wichen zurück, einige eilten schnell weg, auch ich wollte weggehen, wollte hinter den Neugierigen vorbeigehen, aber ich war zu langsam; als ihre Neugier befriedigt war, folgten Kommentare, die mit Widerhaken versehen waren, wie die Angelruten der Fischer am Donaukanal, doch im Unterschied zu den kleinen Angelhaken, die manchmal in der Luft hängen blieben, sich an irgendeinem Partikel verfangen haben mussten und mit diesem für die Augen unsichtbaren Teilchen fortwanderten, sind sie geblieben. Einen Fischer, der seiner Angelrute nachsah, hatte Ruth beobachtet, er hatte zuerst versucht, seine Angel festzuhalten, hatte sie dann lächelnd losgelassen, und als er Ruths Blicke bemerkte, hatte er etwas von Magnetfeldern gemurmelt. Das Magnetfeld, das in der U-Bahn-Station Stadtpark entstand, war für die Wartenden der zerfetzte Körper, für mich waren es ihre Kommentare, so hängt jeder an seinem, damals, in der U-Bahn-Station, dachte sie für einen Moment, ihre Hände gegen den Kopf gepresst, am liebsten würde ich euch vor die nächste U-Bahn stoßen, aber so lange halte ich euer Geschwätz nicht aus. Wenn ihr wüsstet, dass ihr es nur diesem Umstand verdankt, dass ihr nicht bald auf diesen Schienen verteilt liegt wie diese Frau und genauso unfreiwillig wie sie, oder glaubt ihr etwa, „Selbstmörder durch die Gesellschaft“ sei nur ein Buchtitel, glaubt ihr vielleicht, sie hätte noch eine Wahl gehabt, diese Phrase erfinden die Mörder, und jeder, der sie verwendet, verrät sich; zu viele Mörder, kein Richter. Ruth ist weggelaufen, hat zwei Stiegen auf einmal genommen, hat, ohne auf den Verkehr zu achten, die Straße überquert, ist am Hotel Intercontinental vorbeigerannt, am Eislaufplatz, der im Sommer ein Tennisplatz ist, am Konzerthaus, der angrenzenden Musikhochschule und dem sich daran anschließenden Akademietheater, ist nach links abgebogen und wieder über die Straße gelaufen, ist die wenigen Stufen zum Gmoa-Keller hinuntergestolpert, wollte die Tür aufmachen zu diesem Gasthaus der beiden alten Frauen, in dem sie sich immer wohlgefühlt hatte, aber die Tür war versperrt, würde noch lange versperrt sein. Ein großes Schild: Urlaub bis Mitte September. Sie ist dann ziellos durch den dritten Bezirk geirrt, irgendwann an einem breiten, offenen Holztor vorbeigekommen, dahinter ein leerer, betonierter Platz. Ruth ist stehen geblieben, ist durch das Tor auf diesen Platz gegangen, ist über etwas gestolpert, sah zu Boden, ihr rechter Fuß hatte sich in einem herumliegenden Negativfilm verfangen, sie wollte ihren Fuß aus diesem Filmstreifen herausziehen, stattdessen spulten sich weitere Filmrollen ab, das Material schnitt in ihre Haut, die Filme nahmen kein

Ende, sie konnte sich nicht bewegen, wie sie sich auch jetzt nicht bewegen konnte, verzweifelt versuchte sie, während sie auf ihre in den Schotter verkrampften Hände starrte, sich an etwas anderes zu erinnern, an ein schönes Erlebnis, ich werde mich doch an ein einziges schönes Erlebnis erinnern können, warum wollte ich nicht fort aus Wien, wenn Wien für mich nur der Ort des Schreckens ist, was habe ich denn in der Schule bei dem obligaten Deutschaufsatz: „Mein schönstes Ferienerlebnis" immer geschrieben, hatte ich damals schöne und schönste Erlebnisse? Wahrscheinlich habe ich in dieser Stunde regelmäßig gefehlt, dachte sie und konnte endlich ihre Hände von den Steinen lösen.

Der Hund war verschwunden, weit draußen fuhr ein Ausflugsschiff über den See, die Wellen kamen bis zu ihr, glitten über ihre Füße, zogen sich wieder zurück, die Herbstsonne trocknete ihre Haut, der Herbst, dachte Ruth, am Ufer des Traunsees sitzend, der Herbst beginnt hier früher als in Wien.

Auf der Seepromenade geriet sie in den nachmittäglichen Pilgergang der Kurgäste. Hier ist der Werbetext Fleisch geworden: „Gmunden, die Kurstadt der Gesunden. Nach Gmunden braucht man gar nicht erst eingewiesen zu werden, hierher kommt man von selbst." Kurort, Fremdenverkehrsort, Ort der Gesunden, Sommerort, das alles schon seit Langem, nur das? Was taten sie und sie und sie gestern, vorgestern, in der Zeit des Grauens, davor? „Menschen, die nichts erschauen!" – ein Ausdruck von Peter Altenberg, in wie wenigen wurde er ungültig? Ob es noch immer so ist wie zu seinen Zeiten, dass der See nur „in Sommers Prächten" allen gehört, es hingegen im Vorfrühling und Spätherbst nur die gibt, „die immer da sind ...". Die wenigen Einheimischen waren leicht zu erkennen auf diesem Weg, sie musterten die anderen, steckten ihre Köpfe zusammen und redeten und deuteten, während sich die Gäste bemühten, die Blicke auf sich zu lenken, gesehen werden wollten. Nur die Kinder blieben für sich, brauchten keine Zuseher und niemanden, den sie beobachten konnten, waren ganz damit beschäftigt, sich in ihrem Spiel gegenseitig zu erschießen, ihre Toten zu zählen, wieder zum Leben zu erwachen und das Spiel von Neuem zu beginnen.

Ruth ging schnell weiter, wollte weggehen von diesen alltäglichen Gesichtern zu ihren Akten. Alle Akten über den Widerstand im Salzkammergut hatte sie sich in Wien kopiert, sie lagen griffbereit in ihrem Zimmer, das intensive Leben, dort glaubte sie es zu finden. Einmal die Frage, nur sich selbst gestellt: Vielleicht hat Martha recht und ich interessiere mich wirklich nur für die Vergangenheit, vielleicht ist mir meine Vorstellung von den Menschen wichtiger als das Leben mit ihnen? Da tauchte ein Gesicht auf, Evas Gesicht. Die Erinnerung hinunterspülen, sie wieder und wieder mit Wein hinunterspülen. Soviel sie auch trank, ihr Glas wurde nicht leer. Diese Angst, wieder von einem Menschen gebraucht zu werden – sie liegt wie ein Keil zwischen mir und den anderen, und niemand außer mir hat sie dorthin gelegt.

Ganz anders meine Reaktion auf die Schmerzen, die Hilferufe, die Tränen in den Akten. Nur das Entfernte ist mir nah; und doch blieb eine Sehnsucht ungestillt, war da ein verschwommenes Bild, ein Lichtstrahl unter einer Tür, kaum drückte sie die Türklinke hinunter, wurde das Licht ausgeschaltet, und eine müde Stimme schickte sie weg. Gelächter durchbrach manchmal die Stille ihres Zimmers, und sie wusste, sie war es, die ausgelacht wurde. Sie wollte ja tun, was von ihr verlangt wurde, aber so sehr sie sich auch bemühte, sie verstand die Sprache nicht, das „Wunderkind“ versagte, das Gelächter verwandelte sich, wurde ärgerlich, auch der Ärger konnte sie wegschicken wie die Müdigkeit.

Ruth öffnete die Tür zum Speisesaal ihrer Pension, blieb in der Tür stehen, an ihrem Tisch saß ein Mann, sie ärgerte sich, sie hatte um einen Einzeltisch gebeten, und bisher hatte ihr die Wirtin diesen Wunsch erfüllt. Sie konnte mit einem Fremden so nahe vor ihren Augen kaum essen, hasste es, Fremden beim Essen zusehen zu müssen, ich habe zu lange nur mit anderen gemeinsam gegessen, in all den Jahren bei der Firma Hochmann meine lächelnden Blicke in offene Münder, auf Speichelspuren, Fetttropfen, Speisereste in Bärten, verschmierte Servietten. Nein, der Ekel hat früher angefangen, in der Klosterschule, mit dem Zwang, alles essen zu müssen; in der ersten Zeit hatte sich fast jeden Tag ein Mädchen erbrochen, es war verboten, den Tisch während des Essens zu verlassen, die Kinder hatten auf den Tisch gebrochen, Spuren des Erbrochenen im eigenen Teller. Die Wirtin eilte auf sie zu, lächelte: „Sie sind immer so allein, Frau Berger, ich dachte, eine Unterhaltung würde Ihnen guttun." Macht sie sich über mich lustig, oder hat sie meine Bitte vergessen und glaubt wirklich, mir einen Gefallen zu tun. Die Wirtin bemerkte ihr Zögern. „Wissen Sie, bei uns waren schon oft alleinstehende Damen. Alle wollten zuerst einen Einzeltisch. Aber dann war es ihnen doch immer recht, wenn ich einen Herrn zu ihnen setzte. Er ist übrigens Wiener wie Sie." In diesem Moment legte der Mann sein Buch weg und drehte sich zu ihnen um. Jetzt bleibt mir nichts anderes übrig, als zu dem Tisch zu gehen, mich zu setzen, versuchen zu essen, versuchen wegzusehen, wenn er isst.

Der Mann stand auf, stellte sich als Christian Ochse vor. Ruth sah ihn nicht an, murmelte ihren Namen mehr als sie ihn aussprach.

Nach einer kurzen Pause fragte er: „Sie müssen wirklich nicht grinsen, wenn Sie meinen Namen hören?" Seine Stimme klingt angenehm, sie passt zu seiner Frage. Ruth sah auf, sah viele Lachfalten um seine Augen, die sich bewegten. Sie spürte, wie auch sie lächelte.

Die Wirtin kam zu ihrem Tisch, brachte Ruth das Essen, zwinkerte ihr zu. Ruth sah weg.

Die Fenster des Speiseraums standen weit offen. Ruth beobachtete die glitzernden Wellen. Sie hatte sein Angebot, doch ein Glas Wein mit ihm zu trinken, angenommen, hatte das Glas in einem Zug geleert. Draußen ein einsames Segelboot, manchmal schien es zu fliegen, die Möwen nahmen es mit sich fort. Alles Gute kommt vom See her, dachte sie, während sie das Glas an ihre Lippen führte, das fremde Licht, der angenehme Wind, die sanften Geräusche, die unerwarteten Bilder.

„Was lesen Sie?"

Er nahm das Buch, schlug eine Seite auf, beugte sich näher zu Ruth, die stillhielt, ihr Stillhalten beobachtete, seinen Geruch einatmete, während er leise vorlas: „Aber wenn du's geschafft hast, liegt plötzlich der See vor dir, den Schreck kannst du dir gar nicht vorstellen. Der große, einsame See. Links und rechts nur Weide und Bäume, hinter dir Kartoffeläcker. Mit dem Feldstecher siehst du am anderen Ufer die roten Dächer des Dorfes. Pappeln gehören am Ufer lang, die wachsen schnell und halten den Wind ab, was denkst du, was da im Winter für ein Wind ist!" Er ließ das Buch sinken, sah Ruth an, die mehr zu sich sagte: „Christa T. Etwas fehlt mir. Warum haben Sie nicht weitergelesen?"

„Meinen Sie diese Sätze: ‚Und du wirst dich vergraben. Sie lächelte und sagte: Ich grab mich aus.'"

„Ja. Genau. Ich grab mich aus. Ein schöner Glaube an die Möglichkeit eines Ortes."

„Und Sie", fragte er, „wollen Sie sich hier eingraben oder ausgraben?"

„Vielleicht ist es ganz anders ... Ich meine, nicht jeder Ort hat solche Bedeutung. Die kann er doch nur haben, wenn man ihn sich gesucht, gewählt hat."

„Sie haben sich also Gmunden nicht ausgesucht?“

„Nein. Ich bekam hier eine Karenzvertretung für ein Jahr. Einerseits macht es mir Angst, dass ich nur für ein Jahr eine Stelle habe, andererseits beruhigt es mich, dass die Zeit hier begrenzt ist. Wie lange wollen Sie bleiben?“

„Morgen Abend muss ich wieder in Wien sein. Ich bin freier Mitarbeiter beim ORF. Was unterrichten Sie?“

„Englisch und Geschichte.“

„Geschichte? – Dann können Sie vielleicht etwas mit meinem Material anfangen. Ich werde es leider nicht verwenden können. Monatelang umsonst gearbeitet, aber ich darf nicht jammern, ich bekomme diese Arbeit gut bezahlt, was will ich mehr.“

Nun ist es also ganz anders, nun sitze ich gerne mit ihm an einem Tisch und habe keine Schwierigkeiten, ihm beim Essen zuzusehen und keine, neben ihm zu essen. Eine Stimme fragte: Du weißt hoffentlich, warum das so ist, und eine andere antwortete, sie weiß es, aber sie will es nicht hören, und eine bestritt, dass sie sich nur deshalb mit ihm wohlfühlt und nicht von ihm wegläuft, weil er bald wieder fort sein wird, aber diese Stimme klang nicht sehr überzeugend.

Sie beobachtete ihn unauffällig, während er sich über seinen Teller beugte, seine Locken, die kleine runde Glatze auf dem Hinterkopf, er wird so alt sein wie ich, vielleicht ein, zwei Jahre älter, geboren im Krieg, woran erkennen wir uns, wir „Kriegskinder“? – Seit wann erkenne ich uns? Sie vergaß wegzusehen, als er aufsah, blickte in graugrüne Augen, in denen sie sich spiegelte, ganz klein, wie er sich in meinen spiegelt, so klein sind wir und so groß, und für Sekunden wünschte sie, er möge das gleiche denken.

„Sie wollten mir doch etwas erzählen?“

„Das hat Zeit. Die alltäglichen Skandale, die hier passieren, die laufen uns nicht weg. Oder können Sie es nicht abwarten, von neuen und alten Faschisten zu hören, mit Rang und Namen, sogenannte Volksvertreter. – Ach, jetzt ist es passiert. Der Zauber ist verschwunden, das Wissen ist in ihr Gesicht zurückgekehrt.“

Sie sahen sich an, lächelnd und sich über sie beide lustig machend, fragte er Ruth: „Sollten wir zwei ‚Wissenden‘ uns nicht duzen?“

Ruth fühlte sich beobachtet, sie wollte weggehen aus diesem Raum, von diesen neugierigen Blicken und den eifrigen Mündern. Christian kannte ein Lokal etwas außerhalb von Gmunden, sie könnten fahren, Ruth hatte Lust zu gehen, er war einverstanden.

Unterwegs erzählte ihr Christian von seinen Recherchen. Durch einen anonymen Brief hatte er vor einem Jahr erfahren, dass ein Gemeinderatsmitglied der FPÖ jährlich mit seinen Kameraden die sogenannte „Reichskristallnacht“ feiert, feiert im wirklichen Wortsinn, als Auftakt zur Judenvernichtung und ganz öffentlich in einem Gasthaus. Mit einem Kameramann hatte er dieses „Fest“ heimlich gefilmt. „Inzwischen habe ich herausgefunden, mit wem der Gemeinderat feiert, wer die Männer sind, die sich kein Blatt vor den Mund nehmen, nicht über damals und nicht über heute und nicht über die Zukunft und das Ergebnis ...“ – er blieb stehen und lachte auf. „Es ist absurd, aber ich hätte mir die ganze Arbeit sparen können, eine Abschreibübung aus einem Geschichtsbuch hätte das gleiche Ergebnis gebracht. Alles wie ehemals, vom Unternehmer bis zum Staatsanwalt, vom Bürgermeister bis zum Gemeindesekretär, vom Wirt bis zum Arzt. Den Arzt kenne ich, obwohl, ich habe ihn nicht wiedererkannt, erst, als ich seinen Namen hörte, und selbst da vermutete ich noch eine zufällige Namensgleichheit – er, er würde doch nicht, nein, er nicht, er niemals! Ich habe ihn besucht, er war es, er freute sich, dass ich ihn gefunden habe, hätte ich ihn doch nicht gesucht! Für mich war es ein Schock. Ich habe ihm nichts vorgeworfen, ihn nichts gefragt. Im Gegenteil, ich habe mit ihm gegessen, Wein getrunken, geplaudert und gelacht, und plötzlich wusste ich, zu wem ich damals gehört hätte. Nur die Uniformen haben an diesem Abend gefehlt! Das Bild vor meinen Augen veränderte sich ständig, ich wusste manchmal nicht mehr, was im Moment war und was hätte sein können."

Ruth schüttelte den Kopf, streckte die Hand nach Christian aus, will sie ihn wegziehen von seiner Überzeugung? – Aber wohin denn, Ruth, in deinen Traum doch nur, dass er anders ist, er nur Trugbilder sah, sonst nichts. Du wehrst dich gegen seine eindeutigen Sätze, bleibst lieber in deinen Fragen, die du nicht beantworten kannst, so gerne du sie auch beantworten möchtest – bist du dir da so sicher, würdest du eine Antwort wie seine hören können?

„Alles ist anders, sobald du einen von ihnen kennst. – Kennst?, gekannt hast, geglaubt hast, ihn zu kennen, wie müsste das heißen, du bist doch Lehrerin, du musst wissen, wie das heißt!"

Ruth versuchte, Christians Gesicht zu sehen, aber er drehte seinen Kopf weg, ging schneller, sie ließ ihn vorgehen, blieb stehen, vor ihren Füßen glitzerte etwas, sie bückte sich danach, in diesem Moment flatterte ein Vogel durch das Gebüsch, sie erschrak, richtete sich auf, sah sich um, sah Christian einige Meter entfernt auf sie warten, spürte, wie sie aufatmete. Sie fragte ihn nach dem Arzt, er überhörte ihre Frage zuerst, antwortete dann doch, „ein Jugendfreund", mehr wollte er nicht sagen. Nach einer Pause fragte er sie, ob er wirklich weitererzählen soll, sie nickte.

„Die meisten Teilnehmer waren Leute in unserem Alter, Ruth, oder jünger. Frauen waren keine dabei, aber das ist ja nichts Besonderes. Gestern habe ich nun erfahren, dass der ORF ‚leider' keine Verwendung für meinen Bericht hat." Jedes politische Magazin, absolut jedes, wiederholte er, werde zwischen dem Bundeskanzleramt und dem ORF abgesprochen. Und in seinem Fall und in vielen anderen Fällen nehme sich eben der freie ORF die Freiheit, auf die Arbeit eines freien Redakteurs über den Umgang eines freiheitlichen Politikers mit der nationalsozialistischen Vergangenheit freiwillig zu verzichten.

Inzwischen waren sie vor dem Lokal angekommen. Vor der Tür blieben sie stehen, es ist nur die hellere Beleuchtung, dachte Ruth, die sein Gesicht so verändert, die Selbstironie in Zynismus verwandelt, es nackt aussehen lässt, fast brutal. Jetzt wollte sie wegsehen, aber es war, als zwinge er sie, dieses Gesicht zu betrachten, das Gesicht des Verlierers, des Verlorenen wohl auch, der Moment, da sie es hätte ändern wollen, war vorbei, sie sah es sich an, da wurde es ruhiger, langsam wieder weicher, lebendiger.

Sie gingen in das Lokal, suchten sich einen abseits gelegenen Tisch. Christian sah sie erstaunt an: „Wirklich keine Fragen dazu?"

Ruth schüttelte verneinend den Kopf.

Er nahm ihre Hände, „Was weißt du?", wollte keine Antwort, schwieg. Ruth wartete. Als er weitersprach, war sie nicht sicher, ob er zu ihr redete oder zu sich: „Ich möchte meine Ruhe haben, endlich einmal Ruhe haben. Und wenn ich mir dafür mein Hirn herausreißen muss! Dann werde ich wenigstens wirklich vergessen, nicht nur vorübergehend, um wieder und wieder mit diesen Selbstvorwürfen daraus aufzutauchen, die ja doch nur Luxus sind, der größte Luxus, den ich mir überhaupt vorstellen kann. Es ist zum Verrücktwerden. An dieser Stelle denke ich dann regelmäßig, ich sollte mir eine andere Arbeit suchen, aber ich habe es noch nie getan und werde es auch dieses Mal nicht tun."

Natürlich nicht, dachte Ruth, es gibt doch keine Alternative, weder für dich noch für mich. Ich würde verrückt werden, müsste ich ständig in der Gegenwart leben. Ich brauche die Vergangenheit, auch wenn meine Zweifel an diesem rückwärtsgewandten Blick stärker werden, auch wenn ich, sobald ich einen Akt in die Hand nehme, Marthas Stimme höre: „Dein Interesse gilt den Toten!“ In dem Moment, da ich zu lesen beginne, wird ihr Satz bedeutungslos, verschwinden die Zweifel, werden die Toten jung. Versuchen, zu Christian zurückzukehren, der sie gerade fragte: „Was wirst du tun, wenn dir verboten wird, von gewissen Zuständen zu berichten? Wirst du mit deiner Ohnmacht leben können?“

„Ein Verbot bedeutet doch nicht Ohnmacht auf der anderen Seite!“ Noch während sie antwortete, fragte eine andere Stimme: Ausgerechnet du behauptest das? Du, die nicht einmal ein Verbot brauchte, um sich ohnmächtig zu fühlen. Oder hat dir damals jemand untersagt, über die Veränderungen im Betrieb zu berichten, über diesen langsamen Ausverkauf eines renommierten österreichischen Unternehmens an einen deutschen Konzern. Zuerst wechselten die Manager, dann die Eigentümer, mit ihnen die Produkte. Der Satz eines Kollegen – „Das ist ja wie vor 38“ – ließ dich aufhorchen. Du trautest dich nicht zu fragen, was ist jetzt wie vor 38 – nur nicht lächerlich machen! (Den Schülern die Angst vor den Fragen nehmen, notierte sie sich wieder einmal im Kopf.) Zurück in Wien kauftest du dir Bücher über Wirtschaftsgeschichte und andere Bücher und Bücher, Bücher! So hat es angefangen. Aber über die Firma hast du nichts berichtet. Du bist lieber selbst verzweifelt, als andere zur Verzweiflung zu bringen. Im Moor war auch Geborgenheit. Etwas daran war dir vertraut. Dieses bis heute unerkannte Etwas.

Ohne Sprache keine Pflicht zum Sprechen. Du konntest dir nicht vorstellen, dass deine Enthüllungen etwas bewirken würden. Täglich wird so viel enthüllt, nur um mit einer anderen Decke wieder verhüllt zu werden. Dieses selbstverständliche Nützlichkeitsdenken, beängstigend selbstverständlich.

Deinen Beruf, Christian, würde ich nicht aushalten.

Laut sagte sie: „Eine Frage beschäftigt mich schon lange: Wieso konnten Menschen Widerstand leisten, wenn sie wussten, was auf sie wartet? Die politische Überzeugung, ihr Wissen – genügt das als Erklärung? Mir nicht. Manchmal glaube ich, sie konnten nicht anders."

„Ein gefährliches Terrain, Ruth. Dann war es ihr Schicksal, nicht ihre Entscheidung."

„Natürlich war es ihre Entscheidung – die schwerste überhaupt: Ich zu sagen, für sich selbst die Verantwortung zu übernehmen. Welcher Nationalsozialist hat denn für seine Taten die Verantwortung übernommen? Oder welcher Mitläufer? Oder welcher Soldat? Sie alle berufen sich doch auf Befehlsnotstand, bis zum Staatsoberhaupt. Preisen öffentlich ihre Unmündigkeit: Ich habe doch nur meine Pflicht erfüllt! Die Verantwortung für sich haben nur die Widerstandskämpfer übernommen, und indem sie das taten, waren sie fähig, auch für andere verantwortlich zu sein – woher sonst die vielen, die unter der ärgsten Folter niemanden verraten haben?"

„Große Worte! Darf ich dir mit einem Zitat antworten: Gegen eine Zeit, die Helden braucht, richten wir nichts aus, das wusstest du so gut wie ich!"

„Das ist kein Widerspruch, nur eine Frage des Blickwinkels. Ich sehe sie als diejenigen, die sich selbst nicht aufgaben. Ich sehe sie nicht vom Ergebnis her – Österreich sähe anders aus, hätten sie etwas ausgerichtet, darüber brauchen wir nicht zu diskutieren."

„Glaubst du, dass sie unsere, entschuldige, meine Gefühle der Ohnmacht nicht kannten? Wenn ich mir vorstelle, wie wenige sie waren – sie konnten doch nicht wirklich annehmen, den Faschismus besiegen zu können!"

„Sie sahen sich als Teil, das ist zumindest ihre wiederkehrende Erklärung. Wer ohne dieses Gefühl leben musste, war verurteilt zur Hoffnungslosigkeit, das glaube ich auch. Die Frage ist, warum er die anderen nicht sehen konnte."

„Und bist du, wovon du träumst?"

„Die Frage, wie ich mich verhalten hätte, ist so alt wie mein Interesse am Widerstand. Aber ich kann sie nicht beantworten, auch nicht negativ wie du."

„Das habe ich nicht gemeint."

Jetzt müsste er weiterfragen, dachte Ruth. Einmal, wenigstens einmal möchte ich nach meinem Schmerzpunkt gefragt werden, direkt und schonungslos, um vielleicht ohne Antwort dazustehen, um vielleicht auf diesem Weg eine Antwort auf die Frage zu finden, warum ich niemandem vertrauen kann, nicht einmal mir selbst.

Christian sagte: „Ich würde gerne noch Boot fahren. Wollen wir zahlen?"

Ruth dachte, ich hätte es wissen müssen, die Erlösung durch einen anderen findet nicht statt.

Der Ober redete sie bei ihren Namen an, Ruth fragte er, ob sie sich schon eingelebt habe, wie ihr Gmunden gefalle, sie habe vollkommen recht, dass sie viel spazieren gehe, die meisten Menschen, fügte er noch hinzu, würden sich heute ja gar nicht mehr die Zeit nehmen, eine Stadt wirklich kennenzulernen, was bekanntlich nur zu Fuß möglich sei.

Ruth stand auf, griff nach ihrer Handtasche, der Ober war schneller als sie, reichte sie ihr, sie riss sie ihm fast aus der Hand, zwängte sich zwischen Bank und Tisch hindurch, der Ober schob den Tisch beiseite, Ruth stolperte, hielt sich an dem Tischtuch fest, zog das Tischtuch herunter, stieg in die gebrochenen Gläser, versuchte das Gleichgewicht wieder zu finden, die Blicke wegzudenken.

Draußen sagte Christian: „Du musst dich daran gewöhnen. Es war nett gemeint von ihm, er wollte höflich sein."

„Aber wir sind doch extra so weit gegangen.“

Die Wiederholung seiner Sätze in meinem Kopf, seinen Sätzen zuhören, sie annehmen wollen als Brücke zu ihm, den Unterschied nicht leben wollen, nicht heute Nacht. Ich bin mit einem anderen übereinstimmungssüchtig geworden, mit einem anderen, nicht mit mir. Wenige Stunden haben gereicht. Mich ändern, mich gewöhnen, eine andere werden, eine ganz andere? – Nicht übertreiben, nur von einem Punkt war die Rede, nur von einer Gewöhnung.

Kein Wind, nur ihr Boot bewegte die Wasseroberfläche. Am Ufer die Lichter der Straßenlaternen. Sie ruderten lange, bis sie die Mitte fanden. Sie war es, die zuerst die Ruder losließ und ihre Hände um ihn legte, und er war es, der zuerst seine Jacke auszog, während sie die Wolken über ihnen an die Ufer schickte. Das Boot wurde ihnen zu eng, sie ließen sich hinausgleiten, das Wasser nahm sie auf, sie tauchten zum Grund, verbrachten die Nacht in dieser ewigen Finsternis. An den ersten Sonnenstrahlen kletterten sie in das Boot zurück, ließen ihre Haut trocknen. In ihren Augen war noch das Seewasser, das sie mitnahmen an die Ufer.

Beim Frühstück fragte Christian, ob sie seine Kindheitsorte sehen möchte, bis vierzehn habe er jeden Sommer mit seinen Eltern im Salzkammergut verbracht, sie seien die „untreuesten Monarchisten“ gewesen, denen er jemals begegnet sei. Aber wenigstens habe sie ihre Begeisterung für die Monarchie daran gehindert, Nazis zu werden. Er lachte über sich, zumindest in dieser Hinsicht sei er ein richtiger Österreicher, nostalgisch bis in die Zehenspitzen. „Und du?“ – Das Elternhaus, das Tantenhaus, die Klosterschule – an mehr Kindheitsorte erinnerte sie sich nicht, an keine Ausflüge, keine Reisen, keine Sommerfrische. Nein, nicht einen dieser Orte habe sie freiwillig jemals wieder aufgesucht, im

Gegenteil, sagte sie, einen großen Umweg habe sie um sie gemacht.

„Ich werde dir schreiben, Ruth."

Sie nickte und dachte, warum jetzt schon Abschied nehmen, einige Stunden haben wir doch noch vor uns. Da er abwesend blieb, sah sie sich um, an einem Tisch eine Gruppe Engländer, sie hörte ihrem Gespräch kurz zu, lächelte, als sie diese fast reflexhafte Haltung bemerkte, dieses Überprüfen, ob sie auch alles verstand.

Unterwegs nach Bad Ischl erzählte ihr Christian die Sage vom Wildenstein, die ihn immer wieder an Dornröschen erinnere, für ihn sei das verwunschene Burgfräulein Dornröschens irdische Schwester – unerlöst wandre sie durch die Gegend, büße für die räuberischen Taten ihrer Vorfahren.

Als Kind, sagte er, habe er sich in jedem Sommer gewünscht, das Burgfräulein möchte ihn zu ihrem Erlöser erwählen, denn er würde gewiss nicht wie alle früheren Auserwählten aus Angst vor ihrer schaurigen Erscheinung in Ohnmacht fallen. Er würde sie von ihrem Fluch erlösen, und sie müsste keine hundert Jahre mehr auf einen Befreier warten.

Eigenartig sei es aber, dass er sich heute nicht mehr sicher sei, ja, dass er längst aufgehört habe zu wünschen, in eine solche Situation zu kommen.

Ruth ertappte sich bei dem Gedanken: Damals also hätte ich dich kennenlernen müssen. Sie spürte, wie sie ihre Kiefer zusammenpresste, die Hände kalt wurden. Das Neueste würde sie nicht wärmen. Jetzt reden, befahl sie sich, sonst hört die Kälte nicht mehr auf. Ein Teil von ihr ließ sich nicht ablenken, sammelte alle „Zuspäts" um sich, die aus ihrem Leben und aus dem der anderen, und jonglierte damit in ihrem Kopf, immer mehr „Zuspäts" taumelten darin herum, sie hatte das Gefühl, gleich werde er zerspringen.

Christian parkte das Auto in der Nähe der Kaiservilla. Auf dem Weg dorthin imitierte er die ehrfürchtige Haltung seiner Eltern, die sie in der Nähe der Villa „unseres Herrn und Kaisers" eingenommen hatten. Vor der Villa eine Menschenschlange, sie sahen sich an, nein, ein Blick musste genügen, ein Blick über den Zaun, Christian schlug vor, wenigstens in die berühmte k. u. k. Konditorei Zauner zu gehen, einmal jeden Sommer sei er mit seinen Eltern auch dorthin gepilgert. Eigentlich sei ja dieses Ischl viel zu teuer für die Familie eines kleinen Beamten gewesen, aber ein echter Monarchist lebe in Wien und verbringe seinen Urlaub, wo ER ihn verbrachte. Das Urlaubsgeld sei genau eingeteilt gewesen und habe trotzdem jedes Jahr wieder nicht gereicht. Der Besuch in der Konditorei wurde vorher besprochen. Der Vater und er sollten sich ein Zaunerkipferl bestellen, die Mutter eine heiße Schokolade, und dann wollten sie alles teilen. Ein wiederkehrendes Ritual. Einmal aber sah er ein Kind genießerisch Himbeer mit Soda trinken, und er sagte zur Kellnerin: „Ich möchte auch so etwas Rotes", woraufhin seine Eltern in eisiges Schweigen verfielen. Aber die Kipferl, meinte er, habe er in bester Erinnerung.

Sie fanden einen leeren Tisch. Christian bestellte, ohne Ruth zu fragen, zweimal Himbeer mit Soda und zwei Zaunerkipferl. Die Kellnerin entschuldigte sich, aber die Kipferl seien leider gerade ausgegangen, die nächsten gebe es in zirka zwei Stunden.

Christian stand auf, dann wolle er auch nichts „Rotes", er verließ die Konditorei, ohne sich nach Ruth umzusehen, die sitzen blieb, ihm nachsah, er geht auch von mir weg, es ist Zeit. Sie bestellte bei der Kellnerin eine Melange, versuchte ihn aus diesem Raum zu verbannen, das Kind wegzuschicken, wie es vielleicht immer weggeschickt worden war, als es groß und aufgebracht wieder vor ihr stand, sie an der Hand nahm, hinauszerren wollte. Ruth entzog ihm die Hand.

„Du bist ja verrückt, was machst du denn, Ruth, lässt mich einfach allein.“

Es ist gut, dass du wegfährst, dachte sie.

Er setzte sich neben sie, sie legte ihre Wange noch einmal an seine, er umarmte sie: „Warum hast du dich nicht früher gewehrt? Du lässt mich reden und reden, bis du es nicht mehr aushältst.“

Noch einmal mit dem Boot zum Ufer zurückrudern, ins Hotel gehen, frühstücken, von den Wanderungen mit seinen Eltern hören, den langweiligen Abenden, an denen die Eltern mit anderen Karten spielten und er zusehen musste; zu seinem Auto gehen, die Tasche verstauen, in Richtung Bad Ischl fahren, die Sage der Ruine Wildenstein hören, sich noch einmal zwingen, die Sprache wiederzufinden, ihn bitten, doch hinzufahren, die Ruine Wildenstein zu besuchen, sein „nein“ hören, sein Gesicht ansehen, das wieder neu war für sie, den Kampf in ihm beobachten, warten, zuhören, vertraute Absage, nur andere Worte, nur seine Geschichte eine andere Geschichte, nicht ihre. Er habe auf dieser Burg seine Frau kennengelernt, sie sei auf einem Stein gesessen und habe nicht mehr gehen können mit ihrem verstauchten Knöchel, die Sage sei für einen Moment oder für viele Momente lebendig geworden, nein, er wolle nicht mit ihr hinaufgehen.

Wogegen hätte ich mich wehren sollen? Es war doch nichts, kein Grund zur Traurigkeit, das kennst du doch, es ist uralt, es ist wie mit dem Vater, den es nicht gab, da ist kein Grund gelegt, enttäuscht zu sein, grundlos ist die Enttäuschung, sei dankbar, dass er dich wenigstens einmal besucht, dich ausführt, du das Haus der Tanten einen Abend lang vergessen kannst, der nächste Tag, was soll der Schmerz, denk nicht daran.

Sie sahen sich an. Ruth verabschiedete sich von ihm. Christian stand auf, „Ich schicke dir den Film und die Unterlagen“, nahm ihre Hand, drückte sie, ging.

Sie fuhr mit dem Bus nach Gmunden zurück, stieg beim Yachtclub aus. Während sie zur Pension ging, spürte sie die Leere um sich – kein Mensch in dieser Stadt, den sie anrufen konnte, mit dem sie reden konnte. In dieser Leere bleiben. Nur nicht dieser Stimmung nachgeben, diesem dunklen Sog. Sie begann zu laufen, wiederholte sich ihre eigenen Sätze, bis ihr der Atem ausging. Es ist nur die Sehnsucht nach Christians Händen, diesen zärtlichen Händen, diesen gierigen Händen, die dich bange macht, du kannst doch inzwischen die Stunden bis Schulbeginn zählen – und dann ...

Eine ihrer Stimmen hatte seinen zynischen Tonfall angenommen: Nun, Ruth, jetzt musst du wenigstens nicht warten, auf keinen Brief, keinen Anruf, keinen Besuch, du hast ja wirklich genug gewartet in diesem Sommer, die Blätter verfärben sich schon, andere fallen grün von den Bäumen, die Bäume können sie nicht mehr tragen, wie du es nicht ertragen würdest, auch nur noch eine Sekunde zu warten.

Vor der Pension ging ein Mädchen auf und ab, als es Ruth sah, kam es ihr entgegen: „Grüß Gott, Frau Professor." Ruth sah kurz auf, nickte dem Mädchen zu, wollte an ihm vorbei in die Pension gehen, aber etwas in seinem Gesicht ließ sie stehen bleiben und genauer sehen. Sie will etwas von mir, sie ist nervös, mehr noch, sie hat Angst – hat sie etwa Angst vor mir? Aber ich kenne sie ja gar nicht – oder doch? Sie wollte dem Mädchen helfen, wusste aber nicht wie, fragte nach seinem Namen, merkte, dass das Mädchen sie nicht hörte, versuchte es anders: „Kann ich irgendetwas für Sie tun?" Dieses Mal hörte das Mädchen sie, es nickte, entschuldigte sich für die Störung: „Sie werden mich doch nicht verraten? Bitte!" Jetzt wusste Ruth wieder, wo sie das Mädchen gesehen hatte, nach ihrem Spaziergang über den Miesweg, am Traunsee entlang, später, als sie den See nicht mehr sah, war sie von der Straße abgebogen, war in den

Wald hineingegangen, irgendwo im Wald lagen ein Bub und ein Mädchen, sie hatte die beiden erst wahrgenommen, als sie, erschrocken durch ihre Geräusche, auffuhren, aufsprangen, der Bub die Decke aufhob und sie sich auf den Waldboden legten und mit der Decke zudeckten. Das Mädchen hatte ihr Gesicht sofort weggedreht, der Bub hatte sie herausfordernd angesehen, sie hatte ihm zugelächelt, hatte umgedreht. Noch immer nur der durchscheinende Wald, noch immer diese Angst vor Entdeckungen, und ausgerechnet ich musste sie entdecken, diese Angst, diesen Schrecken würde das Mädchen mitnehmen, wie ich ihn mitgenommen habe, jahrelang. Das Gebüsch im Weinberg oberhalb von Stammersdorf, In den Gabrissen, uns Kindern schien der Platz sicher, wir sahen den Hang hinunter, würden jeden Kommenden sofort bemerken, aber anscheinend waren wir so vertieft in unsere Spiele, dass wir vergaßen, die Augen offenzuhalten. Zu dem Mädchen sagte sie: „Nein, sicher nicht, Sie können ganz beruhigt sein." – Das Mädchen blickte weiterhin zu Boden. Was soll ich ihr denn noch sagen, damit sie aufhören kann, an ihren Fingernägeln zu beißen, von einem Fuß auf den anderen zu steigen?

An dem Tag, als sie der Mann im Weinberg erwischt hatte, traute sie sich kaum nach Hause. Die Tanten saßen bereits beim Abendessen, als sie zurückkam. Der übliche Hinweis, dass sie endlich lernen sollte, pünktlich zu sein. Vorsichtig musterte sie die Gesichter. Nein, sie hatten noch nichts erfahren. Tage später, als die Angst sie nicht mehr beherrschte, die Drohung: „Wenn das noch einmal vorkommt, bist du am nächsten Tag im Internat." Sie ging nicht mehr in die Weinberge. Sie schloss sich selbst von allen Spielen aus, von denen sie annahm, die Tanten würden sie nicht billigen. Aber das genügte nicht. Die nächste Katastrophe traf sie unvorbereitet: „Wenn du noch einmal rauchst, kommst du ins Internat. Keine Widerrede." Sie biss die Lippen zusammen, dieses zum Schweigen verdammt werden, wieder und wieder. Erst jetzt kränkte sie der Spott der Mitschüler wirklich, jetzt, da sie ihn umsonst über sich hatte ergehen lassen.

Sie schrieb einen Brief an Martha, ihr Beleidigtsein kam ihr inzwischen lächerlich vor. Während sie ihn durchlas, wurde sie unsicher, ob sie ihn abschicken sollte. Wieder hatte sie nur Schrecklichkeiten aneinandergereiht. Ihr fiel ein Satz ein, den sie einst zu einer anderen gesagt hatte, den sie zu Eva gesagt hatte, einmal, ein zweites Mal und öfter: „Du nimmst dich tragisch!“ – Weggehen von diesem Satz, weggehen von Eva, ihrem Gesicht, das langsam auftauchte, von der Bewegung ihres Kopfes, wenn sie den Satz wieder einmal gesagt hatte, diesem Zucken, als würde er geschlagen. Ruth versuchte an anderes zu denken, das andere aber war für sie nur die Banalität des Alltags. Sie erinnerte sich an einige Zeilen in einem Ausstellungskatalog einer Wiener Malerin, auch eine mit einem typisch österreichischen Schicksal, einem seit Jahrhunderten gleichbleibenden, Hungertuch und Stille um sie, bis wann nach ihrem Tod? „Sicher denke ich manchmal daran, schöne Bilder zu malen. Aber ich male bei Tageslicht, und schön ist nur noch die Nacht, und auch diese Schönheit ist relativ, seitdem wir wissen, dass die Erde eine Kugel ist.“ Damals hatte sie der Malerin gegenüber noch den Tag verteidigt, das Alltagsgesicht des Lebens, während die Malerin darauf bestanden hatte, dass der Alltag banal sei, erst nachts, hatte sie gesagt, wenn sie ihre Bücher zuschlage oder den Pinsel weglege und zum Fenster hinaussehe und der Mond den Baum beleuchte und sich in den Fensterscheiben spiegle, hinter denen die Menschen schliefen, ihre Gesichter endlich den Frieden wiederentdeckt hatten, der Mond mit seinen Spiegelungen gleichzeitig die Zimmer verbarg, in denen tagsüber die Verbrechen geschahen, hier und überall, dann bekomme sie wieder eine

Vorstellung davon, was Schönheit sein könnte. Und jedes ihrer Bilder, hatte sie nach einer Pause hinzugefügt, sei ein Sieg über die immer größer werdende Angst, dass das Leben nie mehr sein werde, als es bisher war.

Oft fahre sie gegen Morgen hinaus aus der Stadt auf den Kahlenberg, warte dort, bis sie die Sonne aufgehen sehe, aber kaum sei sie wirklich zu sehen, sei die Schönheit bereits wieder Vergangenheit, und nur wenige erinnerten sich an sie im grellen Tageslicht.

Am Wochenende vor Schulbeginn, in der Nacht von Freitag auf Samstag, wachte Ruth mehrmals auf – sie versuchte zuerst, die Schmerzen in ihrem Mund nicht zu beachten, wieder einzuschlafen. Die Schlafzeiten wurden kürzer, bei jedem Blick auf den Wecker wurde sie nervöser. Ich muss doch fähig sein, mit diesen Schmerzen zu schlafen, mit diesen mir einst vertrauten Schmerzen. Um vier Uhr früh gab sie auf. Sie hantierte leise mit den Dingen, erschrak, als sie auf dem Gang Schritte hörte, die näher kamen, atmete auf, als sie an ihrer Tür vorbeigingen. Sie setzte Wasser auf, ärgerte sich über die Elektroplatte, an die sie sich noch nicht gewöhnt hatte, es dauerte so lange, bis sie endlich heiß und dann wieder kalt war. Sie gab Kamillentee in eine Tasse, die zum Trocknen aufgelegten Kamillenblüten am Schlafzimmerfenster der Tanten, das einzig Helle in diesem mit alten Möbeln vollgestopften Raum, dachte Ruth, während sie wartete, bis das Wasser kochte, sie das siedende Wasser in die Tasse gießen konnte, den Tee ziehen ließ, ihn abseihte, von einer Tasse in die andere goss, das Kaltwerden damit zu beschleunigen versuchte, alles sehr altertümlich, ein Kamillenextrakt hätte die gleiche Wirkung, es ist nur der Duft, an dem ich hänge, vor wem entschuldige ich mich jetzt eigentlich. Sie spülte ihren Mund mit dem Tee, sah sich im Spiegel ihre Zunge an, sah, was sie erwartet hatte, viele kleine durchsichtige Bläschen. Auch auf dem Gaumen bereits vereinzelte Bläschen, dort hoben sie sich weiß gegen die entzündete Haut ab.

Der Kamillentee half nicht.

Sie wartete bis kurz vor acht Uhr, dann ging sie zur See-Apotheke, wollte hineingehen, konnte nicht hineingehen, die Menschen standen dicht gedrängt bis zur Tür. Sie ging weiter durch die Kirchengasse mit ihren Bürgerhäusern aus dem 15. und 16. Jahrhundert, mit ihren ehemaligen Herbergen für die Salzknechtbruderschaft und die Schiffsleute, in Richtung Marktplatz, ging über den Marktplatz, vorbei an Bauern, die hier auf Kisten und dem Pflaster ihre wenigen Waren ausgebreitet hatten, Obst sah sie und Schnaps und Eier und Blumen, manche Bauern standen müde herum, andere priesen ihre Waren an, eine Bäuerin mit einem alten, verrunzelten Gesicht nahm einen Schluck aus einer Schnapsflasche, zeigte sie dann in ihre Richtung, Ruth schüttelte den Kopf, es tat ihr leid, der alten Frau nichts abkaufen zu können, aber die Angst, dass sie nach der Flasche greifen würde, wenn sie sie vor Augen hätte, war stärker als ihr Mitgefühl.

Sie ging langsam an der Auslage der Salzkammergut-Apotheke vorbei, an den glücklich strahlenden Kopfwehgesichtern, dahinter die Rücken der Kunden, ihre Köpfe und Beine waren von Medikamentenreklame verdeckt. Ruth zählte fünf Rücken, ging auf die gegenüberliegende Straßenseite, wartete dort auf und ab gehend, bis die fünf Kunden und ein sechster, der während ihres Wartens hineingegangen war, die Apotheke verlassen hatten. Als sie der Apotheker mit ihrem Namen ansprach und fragte: „Womit kann ich helfen, Frau Professor, Sie werden uns doch nicht gleich zu Schulbeginn krank werden, was soll denn da der Direktor von Ihnen denken! Ein netter Mann übrigens, mit diesem Direktor haben Sie das große Los gezogen. Aber keine Angst, wir machen Sie wieder gesund." – vergaß Ruth, wie das einzige Medikament, das ihr gegen diese Entzündung geholfen hatte, hieß. Irgend etwas sollte mir jetzt einfallen, ich kann nicht hier stehen und weiterhin all diese Giftfässchen betrachten und die exotischen Aufschriften buchstabieren, ich muß etwas kaufen, etwas, das mich auf kein Krankheitsbild festlegt. Sie kaufte sich ein Kamillenextrakt. Beim Hinausgehen aus der Apotheke stieß sie mit einem Mann zusammen, sie hatte nur seine Umrisse gesehen, war erschrocken stehen geblieben, hatte für einen Moment geglaubt, Christian sei zurückgekommen, der Mann hatte sie nicht gesehen, sie stießen zusammen, das Fläschchen fiel zu Boden. Der Mann entschuldigte sich vielmals, Ruth entschuldigte sich ebenfalls, endlich verschwand der Mann in der Apotheke, Ruth klaubte die Scherben auf, roch an ihnen, nein, es duftete wirklich nicht.

Sie wartete auf den Bus nach Ebensee. Der Fahrer fuhr viel zu schnell, ab und zu liefen auf der schmalen Uferstraße Menschen, und wenn ein Auto entgegenkam, hatten sie keinen Platz mehr neben den beiden Fahrzeugen, mussten sie auf den Hang springen, manchmal aber waren dort nur Felsen. Nach kurzer Zeit sah sie nichts mehr, die Scheiben waren innen und außen beschlagen mit dem Atem der Angst.

Vor der Apotheke in Ebensee erinnerte sie sich, in einem ihrer Bücher gelesen zu haben, dass diese Apotheke bis zum Einmarsch der Nationalsozialisten einem Juden gehört hatte – den Namen des Mannes hatte sie vergessen –, dass die Nationalsozialisten die Apotheke arisiert hatten, der Mann im Gegensatz zu anderen Juden hier noch die Möglichkeit gehabt hatte, auszuwandern. Für ihn war es also „ein Glück“ gewesen, beraubt werden zu können, und da soll man nicht misstrauisch werden gegen die Worte, wenn nicht einmal ein Wort wie Glück standhält in der Zeit und vor Ortsnamen nur zwei Großbuchstaben entfernt werden mussten, damit alles wieder in Ordnung war, wie es auch vorher in Ordnung war und vorvorher und eigentlich immer und es hier nur darauf ankam, sich an jede neue Ordnung zu gewöhnen. So neu war sie ja oft gar nicht, manche hielten denn auch an der alten fest, wie jener Mann, der auf der Uferstraße des Traunsees ging, im Mai 1945, dem zwei Frauen entgegenkamen, Mali F. und Hermine J., unterwegs seit Wochen, ausgebrochen aus einem der letzten Vernichtungstransporte aus dem Frauenkonzentrationslager Ravensbrück, zu Fuß unterwegs, in Richtung Wien unterwegs, mit einem Abstecher über das Salzkammergut, und vielleicht sollte hier, angesichts dieses Umwegs, nach so vielen Kilometern Fußweg, doch einmal das Wort Heimat stehen, einen Abstecher in einen Teil der Heimat Österreich gemacht, noch ein Blick auf Seen und Berge, bevor der Wiederaufbau, der neue Anfang und was sie sich alles ersehnten, beginnen würde, nach all den Blicken in die Tötungsfabrik einige Blicke wenigstens auf blaue Seen, verschneite Berge. Mali F. und Hermine J. hatten erfahren, dass auch hier ein Konzentrationslager errichtet worden war, hier in Ebensee. Wo war es, und wo sind die Überlebenden jetzt, mit diesen Fragen gingen sie die Uferstraße entlang, gingen sie auf jenen Mann zu, stellten ihm ihre Fragen, und der Mann lebte noch in der alten Ordnung, hatte die neue Ordnung noch nicht zu seiner gemacht, sagte, auf dieser Uferstraße, neben dem blauen See, vor dem Hintergrund der verschneiten Berge, „freigelassen hat man sie, statt im See ertränkt", und ging weiter. Was war in diesem Moment mit dem Wort Heimat geschehen, waren die Seen noch blau, waren die Berge noch weiß, ist Heimat diese Landschaft, genügt denn das.

Ruth hatte die beiden Frauen in Wien in ihren Unterricht eingeladen, sie hatten den Schülern auch dieses Erlebnis erzählt.

Von Heimkehrenden wie Mali F. und Hermine J. ist selten die Rede, dachte Ruth, sie kamen vereinzelt und unauffällig, und empfangen hat sie niemand, sie hat niemand empfangen.

SIE
Vor jeder Erinnerung das Wissen: Alle Sätze in dieses Gestern können nur Brücken zu Inseln sein …

Wieder eine fremde Stimme, sie fragt: Stimmt es, dass die Frauen „tapferer" waren als die Männer? SIE lacht. SIE kann lachen, auf wie viele Arten kann SIE lachen, dieses Lachen klingt ungläubig, klingt noch nach in ihren Worten: Wozu solche Benennungen, jetzt noch, wozu diese Unterscheidungen, heute wieder – es war keine Frage von Tapferkeit, es war eine Frage des Lebens, nein, des Überlebens, du hättest dir doch nicht mehr in die Augen sehen können, wenn du den Mördern in die Augen gesehen hättest, ja, es war eine Frage des Überlebens, vom Leben war schon lange keine Rede mehr, und vielleicht ist es so gewesen, dass wir darauf besser vorbereitet waren, aber spricht das für uns oder gegen die Männer?

Während der Folter, sagt sie, in den Sekunden zwischen nichts und nichts, hätte ich gerne eine Rede gehalten, eine Rede über das Glück, eine Rede für das Glück, das nicht aufschiebbar ist, auf dem es zu bestehen gilt, jetzt und für alle Menschen, das sei die einzig mögliche Utopie, jede andere reibe sich auf und werde vergessen, irgendwann vergisst du sie, wenn du sie nicht lebst … Die Stimme einer Toten meldet sich, ein Schatten an der Wand verdeckt sie, die Stimme stellt sich vor als Zeugin, dass die Frauen nicht nur gegen die Faschisten, sondern manchmal auch gegen die „eigenen" Männer Widerstand leisten mussten. Ja, über SIE wolle sie erzählen, von ihrer Weigerung, mit dem Wiener Verbindungsmann zusammenzuarbeiten, ihren Wegen zu allen, die gefährdet waren, ihrer Warnung: Der ist ein Spitzel! Von ihrer Beobachtung, bis nach Wien ist SIE ihm nachgefahren und hat herausgefunden, mit wem er Kontakt aufnahm, und brachte die Nachricht zurück, dass sich ihr Verdacht bestätigt hatte, er nicht nur im Widerstand war, sondern auch bei der Gestapo, und niemand glaubte ihr, und wie sollte SIE es beweisen, und SIE war es auf einmal, die als feige bezeichnet wurde, die nur einen Vorwand suche, um sich an den Herd zurückziehen zu können ... Sogar eine Versammlung wurde ihretwegen einberufen, SIE wurde vor die Alternative gestellt, entweder mit dem Verbindungsmann zusammenzuarbeiten oder ausgeschlossen zu werden. SIE ließ sich ausschließen. SIE weinte, weinte, weil sich die Männer lieber blind stellten und auf ihrer Blindheit bestanden als zu sehen, rechtzeitig zu sehen, dass es auch unter ihnen Nazis gab ... Sie brauchten die eigene Verhaftung als Beweis, bis dahin war SIE ihr größter Feind ...

Der Schatten an der Wand verschwindet, SIE ist wieder zu sehen, ihre Stimme ist wieder zu hören, leiser als zuvor sagt SIE: Aber es hat auch unter den Frauen Verräterinnen gegeben, es wären nicht so viele Frauen in die Hände der Gestapo gefallen, wenn es nicht die Verräterinnen gegeben hätte, die die Folter nicht aushielten oder die Angst vor der Folter nicht aushielten, die sich zu retten versuchten, keine konnte sich retten ...

Als Ruth das Konferenzzimmer betrat, noch nicht gesehen wurde, die Tische zählte, dreißig Tische zählte sie, die Kollegen betrachtete, die kleine Gruppen bildeten, diese wenigen Kollegen im Unterschied zu den vielen Kollegen an der Wiener Schule, als sie so dastand, wusste sie, warum sich ihr Mund nach Jahren wieder entzündet hatte. Für ein Jahr wird es kein Entkommen aus diesem dunklen Konferenzzimmer geben, dessen Fenster den Blick nur auf einen gepflasterten Schulhof, umgeben von einer Mauer, freigaben, kein Entkommen aus der Enge dieser Kleinstadt, kein Entkommen für sie, die doch immer davongelaufen ist, ja, eigentlich bin ich immer davongelaufen, aber doch nicht deshalb, um in diesem Dämmerlicht anzukommen, um hier bleiben zu müssen, hier oder nirgendwo.

Zuletzt bin ich von Walter weggelaufen. Einige Zeit nach ihrem Marokkourlaub ist er mit einem Geschenk für sie nach Hause gekommen und hat sie zum ersten Mal gefragt, ob sie möchte, dass er mit den Joints aufhöre – wenn das der Grund für ihre Schwierigkeiten sei, werde er damit aufhören.

Er hat eine Flasche Rotwein geöffnet, Gläser geholt, den Wein in die Gläser geschenkt, sein Glas in die Hand genommen, Ruth ihr Glas hingehalten, „Auf einen neuen Anfang ...“. Ruth hat ihn bei diesem Toast unterbrochen. „Kapierst du es wirklich nicht, Walter? Es ist nicht das Haschisch, es ist dein Genuss und dass du andere, die das gleiche tun, verurteilst.“ Und wieder, hat sie gedacht, habe ich einen Satz umsonst aus mir herausgewürgt, den Ekel vor den Sätzen, die schon lange sinnlos geworden waren zwischen uns, unterdrückt, und den Satz umsonst gesagt, denn Walter redete weiter, als hätte es keine Stimme außer seiner in dem Zimmer gegeben. Da hat sie doch das Glas genommen, es in einem Zug ausgetrunken und sich nachgeschenkt, während Walter redete. Ruth solle ihm doch sagen, das sei wohl nicht zu viel verlangt, ob sie möchte, dass er aufhöre. Sie sei ihm wichtiger als das Haschisch, ihretwegen werde er damit aufhören, ihretwegen sei er dazu bereit. Mit dem Rotweinglas in der Hand saßen sie sich gegenüber, Walter wartete auf ihre Antwort, Ruth konnte ihm nicht sofort antworten, in ihrem Kopf wurde der Satz: Hilf ihm, er will doch nichts anderes, als dass du ihm hilfst, leiser; all die Sätze, die sie gehört hatte, die begonnen hatten, wie der Satz von Walter geendet hatte, drängten sich in den Vordergrund, die Stimmen vermischten sich, die Stimmen der Tanten mit der Stimme von Walter: „Alles nur deinetwegen, Ruth, alles nur deinetwegen ...“ Es war der Hauptsatz ihrer Tanten, der sie zum Schweigen gezwungen hatte, aber woher hatte sie von der Macht dieses Satzes gewusst, wann hatte sie ihn noch gehört, wer hatte ihn so bedeutend gemacht, dass sie nicht einmal versucht hatte, sich gegen ihn zu wehren ... nein, freiwillig würde sie sich diesem Satz nicht mehr unterwerfen. Sie konnte Walter nicht ansehen, sie wusste, dass sie nicht nur ihm antwortete, aber alle anderen Antworten waren sinnlos in dieser Wohnung verklungen, in dieser viel zu großen Wohnung, in der es so einfach war, aneinander vorbeizugehen, einander zu überhören, einander auszuweichen. Ruth trank ihr Glas wieder leer, stellte es auf den Tisch. Walter setzte sich zu ihr auf die Couch, sie tat, als würde sie es nicht bemerken, beschäftigte sich weiterhin mit dem Teppich, an dem sie bereits geraume Zeit herumzupfte, auf dem Wohnzimmertisch häuften sich die Fuzeln, wiederholte ihre Entscheidung ohne aufzusehen: „Es bleibt dabei, ich lasse mich scheiden“, konnte nicht aufhören mit ihrem Herumgezupfe, bis sie die Wohnungstür zufallen hörte.

Zurückkehren in dieses Zimmer, zu diesen Menschen, mit wem hier werde ich mich verstehen, mit wem werde ich zusammenarbeiten können. Ich habe Angst, sie kennen sich alle, sie haben alle mehr Erfahrung als ich, wie streng sie aussehen, oder bilde ich es mir nur ein, diesen Blicken nie genügen zu können. Ein Jahr Unterrichtserfahrung, ein Jahr, in dem ich nur wenige Stunden allein in den Klassen war, sonst immer mit Frau Pichler. Sie war mein Glück, sie ließ mich unterrichten, sie besprach die Stunden vorher mit mir, und sie besprach sie nachher mit mir, alles, was ich kann, habe ich von ihr gelernt, aber sie ist nicht hier, hier ist niemand, den ich fragen kann, hier muss ich mir die Menschen, die ich fragen kann, erst suchen. „Es wird sie geben, an jeder Schule gibt es Lehrer, mit denen Sie sich verstehen werden." Frau Pichlers Abschiedsworte.

Ruth sagte: „Guten Tag, ich bin Ihre neue Kollegin, Ruth Berger." Die plötzliche Stille in dem Raum, die Blicke alle auf mich gerichtet, was sonst hast du erwartet.

Sie selbst sah auf das neue Foto an der Wand, der alte Rahmen, das neue Foto, es würde in jedem Klassenzimmer hängen, hinter meinem Rücken, vor den Augen der Kinder, in ihnen wird es sich spiegeln, dieses alte Phänomen, längst benannt: „Denn über alle Schmach des Krieges geht die der Menschen, von ihm nichts mehr wissen zu wollen, indem sie zwar ertragen, dass er ist, aber nicht, dass er war. Die ihn überlebt haben, ihnen hat er sich überlebt."

Der Direktor und der Administrator, die sie bereits kannte, kamen auf sie zu, begrüßten sie freundlich, der Administrator suchte etwas in seinen Papieren, drückte Ruth einen Zettel in die Hand, „Ihr Stundenplan", und verschwand wieder. Der Direktor blieb neben ihr stehen, sagte: „Das freut mich aber, dass Sie so diszipliniert sind und trotz Krankheit kommen. Ich hoffe, es ist nichts Ernstes?" Ruth erschrak, woher weiß er von meiner Entzündung, ich habe doch mit keinem Menschen darüber gesprochen. Verwirrt verneinte sie die Frage. Er legte seine rechte Hand auf ihre linke

Schulter, Ruth spürte die Hand näher kommen, gleich wird sie sich um meinen Hals legen, feucht und schwammig wie ein Saugnapf. „Dann brauche ich mir also keine Sorgen mehr um Sie zu machen. Ich habe öfter an Sie gedacht, Sie sind ja sicherlich noch sehr allein in der Stadt. Am Sonntag überlegte ich bereits, ob ich nicht nach der Kirche bei Ihnen vorbeisehen sollte, aber die Vorbereitungen für das neue Schuljahr ... Wenn Sie heute nicht gekommen wären, ich sprach bereits mit dem Personalvertreter, Herrn Stangl, darüber, hätten er oder ich Sie besucht." Er sah an ihr vorbei, Ruth wollte sich bedanken, er ließ sie nicht ausreden, fragte: „Haben Sie inzwischen eine Wohnung gefunden?" Jetzt lügen können, dachte Ruth, mit einer Selbstverständlichkeit, die jeden Zweifel verbannt. Nicht lügen können, nein sagen müssen, er wird sein Angebot wiederholen, in das Haus seiner Eltern zu ziehen, dort stehe seine Junggesellenwohnung leer, seine Mutter würde sich freuen, sie sei das Alleinsein nicht gewohnt, er habe ja erst in einem Alter geheiratet, in dem andere Männer bereits Großväter sind. Aber zum Glück kam jetzt ein Lehrer auf ihn zu und wollte etwas von ihm wissen, der Direktor stellte ihr Professor Stein, den „berühmten Musiklehrer der Schule" vor, nahm endlich seine Hand von ihrer Schulter, und als Professor Stein sie wieder verließ, hatte er seine Frage vergessen. Er zeigte ihr ihren Platz, „zwischen zwei Fachkollegen", Ruth kam sich vor, als wäre sie wieder eine Schülerin. Du kannst nicht erwarten, als letzte zu kommen und dir selbst den Platz wählen zu dürfen, die Plätze in diesem Raum sind seit Jahren vergeben; wie damals, als du nach dem Tod der Mutter nicht nur die Wohnung, sondern auch die Schule wechseln musstest. Du kamst gleich an deinem ersten Schultag in der neuen Schule zu spät, alle Kinder saßen still auf ihren Plätzen, die Lehrerin sah dich streng an, ihre Begrüßungssätze hörst du noch heute: „Das ist die größte

Frechheit, die mir in meinem langen Lehrerdasein jemals untergekommen ist – neu und zu spät! Du störst nicht nur, weil du neu in eine alte Klassengemeinschaft kommst, nein, du störst auch noch durch Zuspätkommen. Weißt du, wie man das nennt?“ Und ich habe es nicht gewusst, ich hätte am liebsten umgedreht und wäre weggelaufen, aber damals wusste ich nicht, wohin ich hätte laufen können, das Wort, das sie zu mir sagte, habe ich nicht gekannt: „asozial“. An ihrem Gesicht, an den Gesichtern der Mitschüler erriet ich die Größe meines Vergehens. Verbannt an ein unbekanntes Wort, ich empfand auch Genugtuung. Von all dem, was ich nicht verstand, war dieses Nichtverstehen das erträglichste.

Ein Mann löste sich aus einer Gruppe, kam zu ihr, stellte sich vor: „Professor Knapp, Deutsch und Geschichte“, setzte sich rechts neben sie. Er sprach etwas durch die Nase, Ruth irritierte dieser näselnde Tonfall, sein Haar hingegen gefiel ihr, dichtes, leicht gewelltes weißes Haar, das er gleich lang geschnitten bis zu den Ohrläppchen trug und das er immer wieder mit einer Hand zurückstrich. Sie beobachtete die anderen Lehrer, um nicht länger dieses Haar zu betrachten, spürte, wie er sie ebenfalls musterte. Als sie ihn wieder ansah, blickte er weg, ordnete Zettel, sagte dann: „Ich bin froh, dass unser Direktor eine so vernünftige Entscheidung getroffen und kein junges Mädchen als Karenzvertretung angestellt hat, die würde ja doch nicht in diesen Lehrkörper passen.“ Ruth sah ihn an, erstaunt, woher weiß er, dass ich hierher passe.

Er deutete ihren Blick anders: „Es interessiert Sie sicher, etwas über Frau Donnberg, die Sie vertreten, zu erfahren. Ich kann nur so viel sagen: Wenn Sie ihre Geduld mit den Schülern und ihr Wissen haben, dann sind Sie zu beneiden. Glauben Sie, dass Sie es schaffen werden, sie würdig zu vertreten? Leicht wird es nicht werden. Nun, wir werden es ja erleben.“

Sie merkte, wie sie kleiner wurde in ihrem Sessel. Warum macht mich so ein Gerede noch immer stumm? Sie sah sich ihren Stundenplan an, sah viele Löcher, ihr freier Tag war der Dienstag. Christians zynischer Tonfall in ihrer Stimme: So einen schlechten Stundenplan hatte die Kollegin sicher nicht.

Dann sah sie noch einmal auf den Zettel, sah, dass sie eine Maturaklasse in Englisch und Geschichte hatte, sah die Schüler auf sich zugehen, sah sie näher und näher kommen, sah sie in einem Halbkreis vor sich stehen, achtzehnjährige, neunzehnjährige Menschen, und die Fragen nahmen kein Ende, und die Gefragte wusste keine Antworten.

Knapp beugte sich näher zu ihr: „Frau Berger, vielleicht hat es Ihnen der Direktor bereits gesagt, sonst lassen Sie es sich bitte von mir sagen, von Ihrem erfahreneren Kollegen. Ich hoffe, Sie lesen mit den Schülern nicht gerade Brecht. Ich erwähne es nur, weil es in den letzten Jahren immer wieder Schwierigkeiten mit neuen Lehrern gab, die glaubten, Leute wie Borchert, Innerhofer, Biermann, Fleißer und so weiter in der Schule behandeln zu müssen. Sie sind ja eine Frau, Ihnen wird das ohnehin Ihr Gefühl sagen. Ich stehe Ihnen natürlich jederzeit für alle Fragen zur Verfügung. Sie können auch privat zu mir kommen, wie gesagt, jederzeit. Ich denke, am einfachsten für Sie wird es sein, Sie halten sich an dieses Lesebuch, an dem ich übrigens die Ehre hatte, mitzuarbeiten. Darin werden Sie nur die schöne Literatur finden."

Die unerwünschten Dichter gibt es also noch, wenn ich es nicht eben selbst gehört hätte, ich würde es nicht glauben.

Knapp machte zum ersten Mal eine Pause, Ruth ermutigte sich, diese Pause zu nutzen, auch wenn sie Knapp ansah, dass er sich auf eine abschließende Bemerkung vorbereitete; sie hatte den Eindruck, er wäre am liebsten aufgestanden, immer wieder diese kleinen Bewegungen, wenn du nicht bald redest, musst du dir das weiter anhören. Sie unterdrückte ein Grinsen, versuchte ernst zu bleiben während ihrer Antwort auf keine Frage: „Ich unterrichte nicht Deutsch, sondern Geschichte und Englisch." Sie beobachtete ihn, wie er sie über den Brillenrand hinweg fixierte, zugleich ein Taschentuch aus seiner Hosentasche zog und es auseinanderfaltete. Als er das ausgebreitete Taschentuch bemerkte, nahm er schnell seine Brille ab und putzte sie damit, faltete es genau an den Bügelkanten wieder zusammen, steckte es in seine Hosentasche zurück. Ohne die Brillengläser wirkten seine Augen nicht mehr braun, sondern gelb, aber vielleicht veränderten sie sich mit dem Licht – inzwischen schien die Sonne, war es auch in dem Konferenzzimmer etwas heller geworden.

Knapp war verstimmt. Er habe viel zu viele Deutschstunden, zehn Überstunden allein in Deutsch. Sie verstand das nicht, so viele Lehrer suchten eine Stelle. „Ja, Frau Berger, aber wir suchen uns die Lehrer aus. Sie haben hervorragende Zeugnisse, ja wirklich, alle Achtung, und zweitens oder besser erstens gingen Sie doch in eine Klosterschule mit dem besten Ruf. Auch unsere Schule genießt einen ausgezeichneten Ruf. Sie ist bekannt dafür, dass nur erstklassige Lehrer hier unterrichten, wirklich nur erstklassige."

Ruth spürte, wie sich Übelkeit in ihr ausbreitete. Sie zwang sich, tief zu atmen, langsam aufzustehen und zu dem Waschbecken zu gehen, das kalte Wasser aufzudrehen, das Wasser in ein Glas rinnen zu lassen. Ich habe noch nie zu den Auserwählten gezählt, ich gehöre zu denen, die Wasser trinken, nicht Wein, und niemand hier wird mein Wasser in Wein verwandeln. Sie trank das Wasser aus, füllte sich das Glas ein zweites Mal, trank auch dieses in einem Zug leer. Sie hörte Stimmen hinter sich, Sätze über sie, jetzt nur nicht umdrehen.

Im Spiegel sah sie, wie ein Mann mit dem Finger auf sie zeigte, er bemerkte ihren Blick nicht, sie hätte am liebsten das Spiegelbild weggewischt. Da lenkte sie eine Frauenstimme ab, eine Frage, nicht an sie gerichtet, aber sie betreffend, die Frau sah zu ihr her, wie der Mann, den sie fragte: „Was hat die eigentlich vorher gemacht?“ Ruth überlegte, welches „vorher“ sie meinte – vorher, bevor sie in die Schule gegangen ist, vorher, vor Gmunden, vorher, vor diesem Tag, gestern vielleicht? Gestern habe ich überlegt, was ich heute anziehen soll, und mich für das rote Kleid entschieden, vorher habe ich im Radio endlich wieder einmal die Stimme von Callas gehört, vorher habe ich gegessen und bei jedem Bissen Angst gehabt, dass die Schmerzen wiederkommen, vorher habe ich den Brief gelesen, der auf meinem Tisch im Speiseraum lag, ein Brief von Christian, meine Hände haben gezittert, einen Brief habe ich nicht erwartet, es war überflüssig, dieses Zittern, aber es blieb, wurde stärker, wurde vielleicht ein anderes Zittern, während ich die wenigen Zeilen las, die er mir geschrieben hatte. Liebe Ruth, stand da, zum ersten Mal sah ich seine Handschrift, es tut mir leid, aber ich kann Dir den versprochenen Film nicht schicken, und auch die Unterlagen wirst Du nie erhalten, denn sie sind leider aus meinem Schreibtisch verschwunden. Alles Nähere einmal mündlich, herzliche Grüße ... Und vorher, vorher habe ich gelesen und konnte nicht aufhören zu lesen, endlich wieder lesen, alle diese Arbeiten über Gmunden, das Salzkammergut, habe auch vieles gelesen um der Bücher willen, um dieses nach langen Lesepausen wiederauftauchenden Zwanges wegen, ein einmal begonnenes Buch zu Ende zu lesen, habe das Wichtigste erst angefangen, wie ich bei meinen Streifzügen durch die Geschichte dieser Gegend feststellte, habe erst wenig gelesen über die Verfolgungen der Protestanten hier und ihre Vertreibung, ihre Hinrichtung und ihr Ausharren, über die Traditionen der Bergknappen, ihre frühen Aufstände, so 1392 in Lauffen und Hallstatt, über die Strafen, die die Habsburger über sie verhängt haben: Blendung, Kerker, Hängen ..., habe erst wenig gelesen über die Kerntrageweiber, habe vor allem ihre Gesichter auf alten Fotos betrachtet – diese Frauen mit ihren Kraxen auf den Rücken, in denen sie das rohe Salz aus den Stollen des Berges trugen, bis sie 1890 abgelöst wurden von Männern, die mit Schlitten unterwegs waren, diese Frauen mit dem stolzen Ausdruck, was haben sie danach getan ... – und weiß erst wenig über das Kunstverständnis der Salzbergarbeiter, die die Sprengung der Stollen 1945 verhinderten, der geraubten Kunstwerke wegen, die in ihnen gelagert wurden, die sie nie vorher gesehen hatten, die sie nachher kaum jemals sehen würden, für die sie aber ihr Leben riskiert hatten. In anderen Berichten stand, sie hätten die Sprengung „nur" ihrer Arbeitsplätze zuliebe verhindert – über dieses „nur", das sich hoch über die Salzbergarbeiter stellte, habe ich mich tagelang geärgert. Ich habe von den Verbrechen der Nationalsozialisten gelesen und ihr Bleiben beobachtet. Vor allem aber habe ich die Bücher der Widerstandskämpfer gelesen, ihre wenigen Bücher, das Schreiben noch immer eine Bildungsfrage und die Bildungsfrage noch immer eine Klassenfrage, der Sprung von der Illegalität zu ihrer Beschreibung kann nicht groß genug gedacht werden, statt der Pistole die Feder, statt dem Leben in den Bergen das Sitzen am Schreibtisch. In den Bergen wurden sie mehr und mehr, wie gut es tat, von Männern zu lesen, die sich dem Krieg verweigerten, die keine Inschrift auf dem Kriegerdenkmal für sich beanspruchten. Die Männer in den Bergen – wo waren die Frauen? Ich habe kaum etwas über Widerstandskämpferinnen gefunden, ihr Leben nur zwischen den Zeilen, keine hat zur Feder gegriffen, das Schreiben auch eine Geschlechterfrage, nach ihnen werde ich suchen. Dieses „vorher" hat ja eine Zukunft, mit dem Lesen werde ich nicht aufhören, jetzt, da ich es endlich, nach einem Sommer ohne Bücher, wiedergefunden habe. Der einzige Abschied, der mir nicht schwerfällt, ist der von den Büchern, sie haben sich mir beim Wiederkommen noch nie entzogen, sie haben noch nie die Zeilen auf den Blättern entfernt in der Zeit, in der ich sie nicht beachtete, sie waren mir nie fremd, wenn ich zu ihnen zurückkam.

Und vorher, vorher bin ich auf die Berge gegangen, habe gehofft, mehr zu sehen, aber die dünnere Luft hat die Spuren des Widerstands, diese schwer zu findenden Spuren, nicht freigelegt. Trügerische Hoffnung, an den einstigen Orten der Gegenwehr, des Aufruhrs, der Utopien, dies alles heute noch zu finden, oder liegt es an mir, der Fremden?

Später wird sie die Schüler nach der Geschichte dieser Gegend fragen, wird sie Berichte schreiben lassen und wird hören und lesen, dass die Spuren, denen sie nachgeht, für die meisten Kinder nicht einmal mehr Spuren sind.

Hier unterrichten viel mehr Männer als Frauen, du gehörst zu den wenigen auserwählten Frauen, „diese Schule ist bekannt dafür, dass nur erstklassige Lehrer an ihr unterrichten“. Ich bin aber in der zweiten Klasse von Wien nach Gmunden gefahren, seit Jahren fahre ich nur noch zweiter Klasse. Das Erschrecken ist wie so oft ein Erschrecken über mich: die erstklassige Dolmetscherin, der es wichtig war, erster Klasse zu fahren, erstklassig angezogen zu sein, erstklassige Kosmetika zu verwenden, die ungeschminkt nicht einmal den Mistkübel ausleeren ging, die jeden Morgen in eine äußere Sicherheit schlüpfte, alle Zweifel darüber als lästig empfand, sie wegwischte, mit freundlichem Lächeln die Tür zu den Besprechungszimmern der Firma Hochmann öffnete, lächelnd grüßte, lächelnd Platz nahm, lächelnd übersetzte. Die einzige Frau unter lauter Männern, die einzige, die keine eigenen Sätze sagte. Wenn die paar Kolleginnen nicht wären, könnte es sich auch hier um eine Firmenbesprechung handeln, die gleichen grauen und blauen Anzüge, die gleichen dezenten Krawatten, die gleichen weißen Hemden – den Inhalt nicht vergessen, Ruth, den Inhalt der Besprechungen, die Inhalte waren doch andere, die Entwicklung von Maschinen, Einrichtungen für Autowerkstätten, hier geht es um die Entwicklung von Kindern. Ein Inhalt könnte ähnlich sein, der fehlende: Die Arbeiter hatten oft gute Verbesserungsvorschläge für die Maschinen gemacht, aber auf dem Weg von den Werkstätten bis zu den Besprechungen in Frankfurt, London, Barcelona, Wien gingen ihre Ideen irgendwo verloren, wie vielleicht hier die Bedürfnisse der Schüler auf dem Weg bis zu diesem Konferenzzimmer vergessen werden. Die Besprechungszimmer der Firma Hochmann waren heller, moderner, aber kaum hatte man in einem dieser Räume Platz genommen, wusste man nicht mehr, in welcher Stadt man sich befand, sie sahen überall gleich aus. Dieses Zimmer hingegen ist einmalig, die alten großen Tische, das braune Linoleum, der Eisenofen in der Ecke und nicht zu vergessen die Aussicht. Wie sich die Besprechungszimmer glichen, glichen sich die Besprechungen – dieser Vergleich muss vorerst ausbleiben. Nach einigen Jahren bei der Firma Hochmann hast du die Umsatzzahlen und Profitzahlen an der Art, wie die Manager den Sitzungsraum betraten, erkannt, aber das Entscheidende, das wirklich Entscheidende, das hast du überhört; wie lange du fähig warst, das Entscheidende zu überhören, konntest du nicht mehr rekonstruieren, sooft du dich auch zu erinnern versuchtest an die Sitzungen vor der Sitzung, bei der dir endlich etwas auffiel. Offen blieben deine Fragen: Seit wann nahmen sich die Manager kein Blatt mehr vor den Mund, seit wann nannten sie die Dinge bei ihren richtigen Namen, erst seit dieser Besprechung oder bereits seit vielen Besprechungen, seit wann hättest du etwas bemerken müssen. Die Dolmetscherin hatte nicht nachgefragt, wer den Konzern aufgekauft hatte, wovon doch längst die Rede war, zumindest in Andeutungen. Was hatte sie sich denn gedacht, während sie deutsche Sätze in ihrem Kopf in englische umwandelte, englische Sätze in spanische, reichte denn ihr Denken darüber nicht hinaus? Seit wann, hast du dich schließlich gefragt, übersetze ich nicht mehr die elektronischen Daten für einen neuen Bremsenprüfstand, sondern für einen neuen Panzertyp, und die Panzer waren ja erst der Anfang der Kriegsproduktion, auch das war zu hören, aber: seit wann? Und später musstest du dich fragen, ob du nicht weiterhin übersetzt hättest, hätte sich dein Mund nicht geweigert, die Worte, die das Gehirn noch immer in drei Sprachen zur Verfügung stellte, freizugeben, vielleicht hätte ich nicht gekündigt, hätte mich gleich den wenigen Kollegen, die sich überhaupt Gedanken machten, schließlich auch damit getröstet, dass jemand anderes die Arbeit machen würde, wenn ich sie nicht machte – aber der Mund weigerte sich, das Medikament, das mir sonst immer geholfen hatte, half nicht mehr, der Arzt verschrieb mir stärkere Medikamente, kein noch so starkes Medikament verbannte die Bläschen, heilte die Entzündung, stillte den Schmerz.

Und doch stillte etwas den Schmerz, diesen Schmerz. Inmitten des Moores kannst du nicht schreien, nur Dumpfheit ist dort zu Hause.

Was ist, wenn alles wieder von vorn anfängt? – Nichts wird sich wiederholen, antwortete eine andere Stimme, hier sind die Machtverhältnisse eindeutig, gibt es keine unsichtbaren Männer im Hintergrund, keine Geheimverhandlungen und noch geheimeren Verhandlungen, keine ausländischen Interessen reichen bis in die Schule, alles ist durchschaubar. Sie betastete mit ihrer Zunge vorsichtig den Gaumen, dieses Mal wirkte das Medikament.

Links neben ihr hatte inzwischen eine Frau Platz genommen, Susanne Fischer, sie unterrichte Deutsch und Geschichte,

„wie der Kollege Knapp". Der sah kurz zu ihr, wortlos. Er verachtet sie, dachte Ruth, die seinen Blick bemerkt hatte. Der Direktor zeigt Taktgefühl, „ein Platz zwischen zwei Fachkollegen" – einen angenehmeren hätte er mir schwerlich aussuchen können.

Die Konferenz begann, Ruth lehnte sich zurück, atmete auf. Nun würde niemand mehr Dichter verbannen, und niemand würde mehr auf sie zeigen und über sie reden. Trügerische Sicherheit, sie dauerte nur wenige Minuten. Der Direktor ließ es sich nicht nehmen, sie dem Lehrkörper vorzustellen, als die Tochter eines alten Freundes von ihm, dessen viel zu früher Tod nicht nur ihn erschüttert habe, ja, er begrüße in ihrer Mitte die Tochter des berühmten Schauspielers Schwarz, „wer von Ihnen erinnert sich nicht an unseren Schwarz", und nicht zuletzt um dieser alten Freundschaft willen habe er sich für Ruth entschieden, er scheue sich nicht, das offen auszusprechen.

Ruth wusste nicht, wo sie hinschauen sollte. Mit dieser Peinlichkeit hatte sie nicht gerechnet. Noch nie hat mich jemand mit meinem Vater in Verbindung gebracht, noch nie, und ausgerechnet hier muss mir das passieren. Warum hat er mir gegenüber kein Wort davon erwähnt? Wozu dieser große Auftritt? Welches Schauspiel wird hier inszeniert? Das Licht geht aus im Saal, der Vorhang hebt sich, auf der Bühne liegt Fleisch herum, nacktes, totes Fleisch, zerteilt, ununterscheidbar geworden so zerstückelt. Ruth will aufstehen, aber es ist, als wäre sie an ihrem Sessel festgeklebt. Sie sieht sich um, niemanden scheint das Blut zu stören, das von der Bühne in den Orchestergraben tropft. Endlich gelingt es ihr, sich von ihrem Sessel zu lösen, doch bevor sie aufrecht steht, zwingt sie der Mann neben ihr mit seinen schwammigen Händen auf den Sessel zurück. Sie will wenigstens schreien, aber da betritt ihr Vater die Bühne. Bühnenarbeiter räumen die Fleischstücke weg, Putzfrauen verstreuen Sägemehl und kehren es zusammen, ihr Vater kümmert sich nicht um diese Tätigkeiten, er geht vor zur Rampe und verbeugt sich, das Publikum erhebt sich und spendet ihm tosenden Beifall, ihr Vater lächelt, da sieht er sie, das Lächeln verschwindet aus seinem Gesicht, er zeigt auf sie, das Publikum dreht sich nach ihr um, Unruhe herrscht im Saal, er zeigt so lange auf sie, bis sie ebenfalls aufsteht, da ist kein Boden unter ihren Füßen, nur Schlamm, klebriger roter Schlamm, das Moor schließt sich blubbernd über ihr, das letzte, was sie hört, sind Siegesrufe, sie weiß, ihr Vater hat sie nicht erkannt.

Susanne Fischer fragte Ruth nach der Konferenz, ob sie Lust habe, mit ihr etwas trinken zu gehen. Sie erzählte ihr, dass sie seit zwölf Jahren an diesem Gymnasium unterrichte, fünf Jahre habe sie gebraucht, um im Konferenzzimmer das Gefühl loszuwerden, mit jeder Bewegung anzuecken. Sie entschuldigte sich bei Ruth, dass sie ihren Vater nicht gekannt hatte, sich an keinen einzigen Film mit ihm erinnern könne. Ruth lachte auf. „Dafür brauchen Sie sich wahrlich nicht zu entschuldigen. Im Gegenteil, es ehrt Sie. Und abgesehen davon, ich kannte ihn auch nicht."

Ich habe nur seinen Namen getragen, jahrelang trug ich den Namen eines Mannes, der unter den Nazis Karriere gemacht hatte, der sich 45 dreimal an die Brust geklopft und verkündet hatte, ich habe gesündigt, und für den damit alles vergessen war, es war doch nichts!

In diesem Moment blieb die Straßenbahn mit einem langanhaltenden Quietschen stehen. Der Fahrer fluchte, stieg aus, kam nicht zurück, die Fahrgäste begannen zu schimpfen, vergaßen bald, was ihren Unmut hervorgerufen hatte, jeder wurde zum Stichwortgeber des anderen, Wien, Wien, nicht nur du allein, nur der Dialekt war ein anderer. Susanne

Fischer meinte, sie sollten aussteigen, sie hätten es ohnedies nicht mehr weit.

Eine Reihe von Autos hielt vor der Straßenbahn, einem Lastwagen fehlte die hintere Tür, aus dem Innenraum tropfte eine bräunliche Flüssigkeit, zischend fielen die Tropfen zu Boden, verfärbten sich, wurden zu schillernden Blasen. Ruth konnte sich nicht sattsehen an dieser Verwandlung, das Schönste und das Hässlichste in einem, dachte sie. Jemand rief „Vorsicht!" in ihre Richtung, sie sprangen zur Seite, ein Auto raste an ihnen vorbei.

Eine Flotte weißer Schiffe zog über den See, an den Felsen des Traunsteins brach sich das Echo der Feuerwehrsirenen, verbreitete sich über das Wasser; die bräunliche Flüssigkeit löste die Reifen des Lastwagens auf, die Planen brannten, rote Zungen im blauen See ihr Spiegelbild; der Lastwagen sank in sich zusammen, die Straßenbahnschienen dampften, und als die Schiffe endlich landeten, waren die Gefährte verschwunden, die Sonne rollte den Berg herunter und die braune Flüssigkeit fraß sich in den Boden hinein, färbte die Pflastersteine bunt – sie begannen zu tanzen, sprühten Funken, flogen durch die Luft. Niemand fing sie auf, niemand verbrannte sich die Haut.

Sie gingen nebeneinander, Susanne Fischer stellte erfreut fest, dass sie beide den gleichen schnellen Schritt hätten. Sie könne mit fast niemandem spazieren gehen, sie sei unfähig, längere Zeit langsam zu gehen. „Mein Mann sagte öfters: ‚Du führst keinen Hund spazieren.' Diese Redewendung war mir zwar unangenehm damals, aber erst viel später begriff ich, dass er damit ein Gefühl ausdrückte. Meine Güte, wie muss sich dieser Mensch manchmal neben mir gefühlt haben."

„Sind Sie auch geschieden?"

„Auch?"

„Ich bin geschieden."

Susanne Fischer blieb stehen, Ruth drehte sich nach ihr um, deren Verwunderung kam ihr übertrieben vor. Ihre Frage, ob sie einen Onkel habe, der Bischof sei, konnte Ruth nur verneinen, Susanne Fischer ging nun wieder neben ihr und meinte: „Das ist aber eine nette Überraschung, Sie können ja lächeln! Im Konferenzzimmer machten Sie ein so abweisendes Gesicht, dass ich Angst hatte, Sie anzusprechen. Zum Glück erinnerte ich mich an meinen ersten Eindruck von diesem Zimmer und den Kollegen. Für mich nannte ich sie die ‚Wächter der Kapuzinergruft'. Bei einigen hatte ich natürlich unrecht, für andere, stellte ich im Laufe der Jahre fest, ist das geradezu ein Kosewort! Wie lange unterrichten Sie bereits?"

„Sie wissen es nicht?" Nun war Ruth verwundert.

„Wie könnte ich es wissen, ich sehe Sie heute zum ersten Mal."

„Ich dachte, mein Personalbogen sei von Hand zu Hand gegangen."

„Nicht alle Hände in dieser Schule sind gleich wichtig, Frau Berger." Ruth gefiel der Tonfall, in dem Susanne Fischer das sagte, spöttisch, aber ohne Bedauern.

„Ich habe erst das Probejahr hinter mir und einen endlosen Sommer. Ich hätte mich vorbereiten müssen, stattdessen habe ich nur gewartet. Die Angst, keine Arbeit zu bekommen, hat sie immer bedeutender und mich immer unsicherer gemacht. Jetzt komme ich mir vor, als würde ich an einem riesigen Luftballon hängen."

Sie blickten beide gleichzeitig zum Himmel, kehrten mit lachenden Augen zur Erde zurück, Ruths Traum, mit anderen Lehrern zusammenzuarbeiten, aus dem vereinzelten Wissen ein ganzes zu machen, er wird sich erfüllen. Susanne umarmte sie, Ruth konnte die Umarmung nicht erwidern, nur die Freude war ansteckend.

Inzwischen waren sie bei dem Kaffeehaus angekommen. Susanne Fischer ließ Ruth den Vortritt, sie wählte einen

Tisch an der Fensterseite zum See. Als sie sich setzen wollte, bat Susanne Fischer sie: „Bitte nicht hier, ich ertrage diesen Anblick noch immer nicht."

„Ich bin nicht geschieden", sagte Susanne Fischer, nachdem sie bestellt hatten. „Mein Mann, Otto, war ein fanatischer Segler. Irgendeinen Sport muss man sich hier aussuchen, andere Möglichkeiten für die Freizeit gibt es ja kaum. Vor sechs Jahren ist er von einer Segelfahrt nicht mehr zurückgekommen. Leider hat Heinz, unser Sohn, diese Leidenschaft von ihm ‚geerbt'. Als ich es erfahren habe, war meine erste Reaktion, dass ich die Rollos vor den Fenstern zum See heruntergelassen habe; und ich habe es bis jetzt nicht geschafft, sie hochzuziehen."

Ruth fragte: „Aber wie können Sie dann hier leben, inmitten all der Seen?"

„Es ist nur dieser eine, den ich zu meiden versuche. Die anderen kann ich genießen. Halten Sie mich deshalb nicht für verrückt. Abgesehen von dieser Kleinigkeit habe ich ‚bestens funktioniert'. Ich habe mich nur eine Woche eingesperrt, aber sogar diese eine Woche wirft mir unser Kollege Knapp heute noch vor. Ich weinte nur, wenn ich allein war, sah mir jede Leiche an, zu der man mich holte, und ging jedes Mal umsonst. Aber zusammengebrochen bin ich immer erst zu Hause. Die Verzweiflung von damals ist längst verschwunden. Ich hielt sie für Trauer. Heute sehe ich das anders. Die Verzweiflung gilt einem selbst, nicht dem Toten. Der Tote wird erst später sichtbar, wird langsam deutlich, unabhängig von einem selbst – und erst in dem Moment, da ich wirklich ihn sah, begann auch die Trauer.

Warum haben Sie vorhin so über Ihren Vater geredet?"

„Er war ein Karrierist. Er teilte die Menschen in zwei Gruppen: in die, die ihm nützlich waren, und die anderen. Letztere interessierten ihn nicht. Ansonsten war er nicht wählerisch.

Die Nazis waren ihm genauso recht wie jeder, der seine Karriere förderte."

Am Anfang ist ihm sogar meine Mutter recht gewesen. Er wäre ohne sie verhungert. Er hat gelacht, während er davon erzählte: „Ich war schlauer als sie, ich sah, woher der Wind wehte, und wurde rechtzeitig Parteimitglied – noch vor der Aufnahmesperre in die NSDAP in Wien. Damals musstest du schnell sein. Ich war schnell. Ich wusste, so eine Chance habe ich nur einmal in meinem Leben. Deine Mutter konnte es nicht fassen. Sie war naiv. Mach es besser, meine Kleine. Damit kommst du nicht weit. Es kam, wie ich es vorhergesehen hatte: Sie verlor ihre Stelle, ich hingegen erhielt ein Engagement in Berlin. Sie weigerte sich, nach Berlin zu gehen. Sie hätte das schönste Leben dort haben können. Aber nein, sie wollte nicht. Und das alles nur wegen der Nazis. So etwas Naives wie deine Mutter ist mir nie wieder begegnet. Dabei brachte sie mich ganz schön in Schwierigkeiten. Erkläre einmal in Berlin, warum deine Frau die Provinz vorzieht! Und das war nicht alles. Sie hat sich einiges erlaubt. Auf mich nahm sie dabei keine Rücksicht, genauso wenig wie auf dich."

Diese Worte von ihm, Worte über eine Tote, wohin mit dem Hass, Ruth sagte es ihm auf den Kopf zu: „Du hast sie auf dem Gewissen, du und die Gestapo." Seine Antwort war eine Ohrfeige. Dann bezahlte er und ließ sie allein in dem Lokal zurück. Die Ohrfeige brannte. Die neugierigen Blicke schürten das Feuer. Aber es tat gut zu wissen, dass es für die Mutter eine Zeit gab, in der sie sich ‚einiges erlaubte' und nicht nur still vor sich hinlitt wie nach dem Krieg. Wie viele sind nach dem Krieg an dem Krieg gestorben, hier und überall?

Susanne Fischer riss sie aus ihren Gedanken und meinte: „Jetzt machen Sie wieder dieses abweisende Gesicht. Eben sahen Sie mich noch ganz anders an. Eigenartig, dass ich Ihnen gleich davon erzählt habe, ich erzählte es jahrelang niemandem mehr. Es muss an Ihren aufmerksamen Augen liegen. Und Sie sind wirklich geschieden?"

„Amtlich bestätigt."

„Ich erkenne unseren Direktor nicht wieder. Er stellt eine geschiedene Frau an ohne kirchlichen Background!"

Das ist auch nicht nötig, dachte Ruth, sie üben Treue über den Tod hinaus. Dem ich nie etwas zu verdanken hatte, ihm soll ich diese Stelle verdanken? Mein Gott, das darf doch nicht wahr sein, dagegen ist ja der Gedanke an die Nonnen geradezu beruhigend.

Zu Susanne Fischer sagte sie: „Doch, den gibt es. Ich ging in eine Klosterschule. Allerdings bewirkte sie bei mir eher das Gegenteil von dem, was sie bewirken sollte."

„Jetzt verstehe ich. Es war, wie soll ich sagen, taktisch etwas unklug von Ihnen, nicht in den Schulgottesdienst zu gehen. Damit wurden Sie sofort zum Thema Nummer eins. Der Weg von der Kirche zur Schule ist lang. Hat der Direktor nichts zu Ihnen gesagt?"

„Doch. Er fragte, ob ich krank sei."

„Typisch, nur nichts direkt sagen."

„Ist er so streng katholisch?"

„‚Nichts Genaues weiß man nicht.' Jedenfalls ist ihm sein Ruf das Allerheiligste, Gmunden ist sein Altar und wir sind die Opfertiere. Wollen Sie nicht Gott und ihm eine Freude machen? Sie erinnern sich doch bestimmt: Ich sage Euch, ebenso wird im Himmel größere Freude sein über einen einzigen Sünder, der sich bekehrt, als über neunundneunzig Gerechte, die der Bekehrung nicht bedürfen."

Ruth wurde das Gespräch unangenehm. Als Susanne Fischer sie nun auch noch fragte, wie sie ohne „seinen Beistand" dieses Nest aushalten wolle, wurde sie wortkarg.

„Die Arbeit, Musik, Bücher ..."

„Lesen Sie viel?"

„Zeitweise nur."

„Hoffentlich nicht die falschen Autoren!"

„Ist das nicht nur die Meinung von Herrn Knapp?"

„Er hält die Fahne am höchsten, sagen wir es so. Besonders allergisch ist er gegen Brecht und Borchert. Warum er sich gerade diese beiden ausgesucht hat, weiß ich nicht. Frau Donnberg wollte mit den Schülern Borcherts *Draußen vor der Tür* spielen. Als Knapp von ihrem Plan erfuhr, machte er sie im Konferenzzimmer total fertig. Er war leider sehr geschickt dabei. Schließlich kam es so weit, dass sie sich bei ihm entschuldigte. Da konnte ihr niemand mehr helfen. Jede Hilfe hätte ihre Situation noch verschlimmert."

„Mir gegenüber hat er sehr positiv von ihr gesprochen."

„Man merkt, dass Sie noch nicht lange in der Schule sind. Dies ist eines der besten und ältesten Mittel, neue Lehrer einzuschüchtern."

Aus dem See stieg ein Regenbogen auf, aber an seinem Ende, das wusste Ruth, würde kein Topf mit Gold auf sie warten.

Noch einmal versuchen, von diesem Ende wegzugehen.

„Halten Sie sich denn in Ihrem Unterricht daran?!"

Am liebsten hätte sie die Frage zurückgenommen, diesen Ablenkungsversuch von dem bunten Bogen, der ihre Aufmerksamkeit bereits wieder auf sich ziehen wollte, sie wegzuziehen begann von Susanne Fischers Antwort: „Meine Güte, Sie stellen Fragen! Nein, nein, lassen Sie sich nicht abhalten davon, es ist schon gut so, ich bin ja froh darüber. Es waren auch einmal meine Fragen, aber wenn man zu lange mit ihnen allein ist, dann vergisst man sie. Ich bin froh, Sie kennengelernt zu haben. Sollten wir nicht versuchen, Freundinnen zu werden? – Jetzt habe ich einen Fehler gemacht ... bin ich Ihnen zu nahe getreten?"

„Sie? – Nein. Nur das Wort, es ist nur dieses Wort ..."

Nun hatte der Regenbogen Wien erreicht, hob er die Entfernung zwischen den Orten auf und die Zeit, war Wien

Gmunden, konnte sie den Namen nicht mehr wie noch vor wenigen Wochen mit anderen Gedanken verscheuchen, konnte sie die Erinnerung nicht mehr wie noch kürzlich mit Wein aus dem Bewusstsein spülen, konnte sie sich nicht mehr wie noch vor einigen Tagen von ihm ablenken, endete oder begann er in dem kleinen Untermietszimmer in Wien, in dem sie während ihres Dolmetscherstudiums wohnte, in dem eines Tages Eva stand, mit ihrem Koffer in der Hand, Eva, die Ruth von der Universität kannte, die immer mit Borchert in der Hand herumrannte. Das erste, was sie in Ruths Zimmer, den Koffer noch in der rechten Hand, in der linken ihren Borchert-Band, vielleicht mehr zu sich als zu Ruth sagte: „Dass ich mir nicht das Leben nahm, das hat mich selbst entsetzt." Ruth hat die Bedeutung dieses Zitates für Eva gekannt, eine andere Stimme fragte sie: Nur für Eva, war denn niemand sonst in diesem Zimmer? – Ruth war sich nicht sicher, ob sie diese Stimme erst heute hörte, oder ob sie sie von damals kannte und nur nicht beachtet hatte. Eva hatte ihr einmal erzählt, dies sei der einzige Satz, der bleibe, wenn alle anderen Sätze längst zu einem sinnlosen Brei in ihrem Hirn geworden seien, jeder mit jedem durch Heuchelei, Lüge, Falschheit verbunden. Eva setzte ihren Koffer ab, sagte zu Ruth, sie solle sich nicht stören lassen bei ihrer Arbeit, sie wisse ja, dass sie Tag und Nacht über den Büchern sitze, auch deshalb sei sie zu ihr gekommen, sie habe sich der herrschenden Meinung nicht länger entziehen können, irgendwann müsse man sein Studium beenden, auch wenn einem schwarz vor Augen werde bei dem Gedanken, was nachher sein werde; allein aber werde sie es nie schaffen, deshalb habe sie überlegt, mit wem sie es schaffen könne, und habe sich an Ruths Angebot, doch mit ihr zu lernen, erinnert.

Ich habe mich gefreut, nicht mehr allein zu sein.

Wir gingen eine Matratze kaufen und verhandelten mit der Vermieterin über den Preis.

Tagsüber lernten wir mitsammen, nachts zeigte mir Eva ihr Wien, holte mich hinaus in die Straßen und auf die Plätze der Stadt, holte mich hinein in ein Wien, das ich nicht gekannt hatte, diese Inseln von Menschen, Ausgestoßene, die niemanden ausstießen, Überlebende, die nicht damit zurechtkamen, dass nur sie überlebt hatten, Menschen in unserem Alter, die sich nach keinen Angeboten richten wollten, sich selbst einen Weg suchten. Manchmal sahen wir uns an und umarmten uns mit den Augen, wir waren, darüber konnten wir uns nicht genug wundern, gemeinsam Bewohner des Sternenlandes geworden, waren Freundinnen geworden. Bis, ja, denk nur weiter, denke es jetzt zu Ende, bis die Prüfungen vor der Tür standen, dein Ehrgeiz stärker wurde als alles andere, Eva dir lästig wurde, nur weil sie manchmal länger brauchte, sie, die deinen Ehrgeiz nicht verstand, die weiterhin lieber manche Nacht unter Menschen verbrachte als unter fremden Sprachen. In dir hingegen tauchten Wörter auf, die du vorher nur gehört hast, in dir wurde Gehörtes zu Gesagtem. Von Ordnung und Disziplin hast du plötzlich geredet, von Selbstüberwindung.

Etwas fehlt: Die Stellenangebote der Firmen fehlen, bei denen du während des Studiums sporadisch übersetzt hattest, da fehlt die Aussicht – warum stockst du? Sieh dich nur an, erkennst du dich endlich als seine Tochter? Du hast ihn von dir abgetrennt und dich blind gestellt. Sinnlose Amputation, das abgetrennte Glied schmerzt, wer nicht sehen will, muss fühlen, was hast du gefühlt? Du weißt nur noch, was du gesehen hast – deine Karrieremöglichkeiten, die du dir nicht mit schlechten Noten verbauen wolltest –, dachtest du vielleicht auch diesen/seinen Satz: So eine Chance habe ich nur einmal im Leben?

Eva hatte keine Angebote. Du hast ihr deine gezeigt, du wolltest, dass sie sich bei den Firmen bewirbt, nachdem du dich für die Firma Hochmann entschieden hattest – sie wollte nicht.

Du bist nicht auf die Idee gekommen, dass es für sie kränkend war, du sahst dich als helfende, großzügige Freundin, und sie, sie sahst du als undankbar. Was unterscheidet dich von ihm: „Deine Mutter hätte das schönste Leben haben können!“ Warum siehst du das erst jetzt? Weiter! Dabei ist es nicht geblieben. Als sie sich bei keiner Firma bewarb – nun?, erinnere dich nur an dich, es ist alles noch in dir: Dass sie selbst schuld sei, hast du ihr vorgeworfen, sie – und verzeihe es dir nie – eine „Versagerin sei, der nicht zu helfen ist“; und als sie nicht mehr aufstand, das Matratzenlager nicht verlassen konnte: „Du nimmst dich tragisch!“ Eva legte die Übersetzungen weg und griff wieder zu Borchert. Es begann die Zeit, in der ihr zu dritt lebtet, Eva, Borchert und du, in der sie es – aber das weiß ich erst heute – mit mir allein nicht mehr aushielt; damals habe ich es mit den beiden nicht ausgehalten, sah ich nur mich. Ich habe das Zimmer gemieden, soweit ich es meiden konnte, wurde Eva gegenüber immer ungerechter und zugleich hilfloser. Es war die Zeit, die einzige Zeit meines Lebens, in der ich manchmal schrie, und ausgerechnet Eva war es, die ich anschrie: „Hör endlich auf mit diesem Zitieren, ich halte das nicht mehr aus!“ Diesen ersten Schreien hat Eva noch widersprochen: „Warum nicht zitieren, Ruth? Der Unterschied zwischen den Sätzen ist doch nur, dass die einen als Zitate erkennbar sind und die anderen nicht. Hast du dich jemals gefragt, warum das so ist? Du solltest dich das fragen, gerade du mit deinem Beruf. Interessiert dich meine Meinung? Hörst du mir überhaupt zu? Ich sage es trotzdem: Da ich weder alle geschriebenen noch alle gesprochenen Sätze kenne, erkenne ich manche nicht als Zitate – der Glaube, originäre Sätze zu sagen, ist ein Wahn, ein Wahn, Ruth, zumindest für mich. Ich bin für keine Sprache begabt, ich mache mir nichts mehr vor. Deine Gefahr liegt woanders – du bist für alle begabt, außer für deine eigene.“

Eines Tages war Eva weg. Die Matratze hatte sie an die Wand gelehnt, den Koffer hatte sie mitgenommen, auf dem Tisch lag ein Zettel von ihr. Zum letzten Mal, stand auf dem Zettel, zum wirklich letzten Mal ein Gedicht frei nach Borchert: „Wenn ich tot bin / möchte ich immerhin / eine Laterne sein / die müsste den hellen Schlaf verdunkeln ..."

Ich habe das Blatt weggelegt.

Hat die Hand, die dieses Blatt hielt, nicht wenigstens gezittert? War da wirklich nur Aufatmen, dass sie fort war, und war da kein anderer Gedanke neben dem Gedanken, endlich wieder allein zu sein. Das ist doch ein Erschrecken wert, die eigenen Gedanken nicht zu kennen.

Einige Tage später rief Evas Mutter an, Eva hatte sich auf dem Dachboden ihrer Eltern erhängt.

Keine Tränen, keine Verzweiflung, keine Trauerzeit, es zählt ein andrer Geist, nur kein Erbarmen, kein Erbarmen mit Eva.

Die Heimkehr der Tochter – hast du mit den Toten ein Fest gefeiert, Vater?

Der Hass auf die anderen in der U-Bahn-Station Stadtpark – Eva hätte dich ausgelacht.

Die Luft über dem See flimmerte.

Ruth wandte ihr Gesicht wieder Susanne Fischer zu: „Ich weiß nicht, ob ich eine Freundin möchte, und ich weiß nicht, ob ich eine sein kann."

„Das ist wenigstens eine ehrliche Antwort. Und alles andere werden wir sehen. Ich falle immer zu schnell mit der Tür ins Haus. Ach, sehen Sie, dort geht Heinz! Es stört Sie doch hoffentlich nicht, wenn ich ihn hole. Er ist nur noch drei Wochen hier. Er studiert Architektur in Wien."

Sie sprang auf, lief auf die Straße, umarmte ihren Sohn, sie waren gleich groß, ein schönes Paar, dachte Ruth. Hand in Hand gingen sie einige Schritte auf das Lokal zu, dann entzog er ihr seine Hand, sie legte ihren Arm um seine Schulter, er blieb stehen, Ruth hörte kein Wort, sah nur die Mundbewegungen von ihm, sah, wie Susanne Fischer ihrem Sohn die Haare aus dem Gesicht strich, Haare von dem gleichen Braun wie ihre – ja, das Wort Braun muss sagbar bleiben. Sie traten in das Lokal, Susanne Fischer deutete zu ihrem Tisch, wie stolz sie auf ihn ist, dachte Ruth. Heinz bestellte sich ein großes Bier und einen Doppelten, er entschuldigte sich dafür, kaum dass der Kellner weg war: „Ich trinke sonst nicht um diese Zeit, aber heute …" Dann schwieg er. Den Schnaps trank er in einem Zug leer, er schüttelte sich dabei, „grausig", meinte er, nahm einen großen Schluck von seinem Bier. „So, jetzt geht es mir besser."

Er sei, erzählte er, auf den Regenbogen zugesegelt, der Wind sei in seiner Nähe immer stärker geworden, so etwas habe er noch nie erlebt. Es war, als übe der Regenbogen einen Sog aus, und als er es endlich geschafft hatte, sich aus seinem Bannkreis zu lösen, und er seine Schönheit aus sicherer Entfernung genießen wollte, sei der Regenbogen verschwunden gewesen.

Unsere Regenbogengeschichten, dachte Ruth, und spöttischer als beabsichtigt fragte sie ihn: „Sollten Sie das nicht melden?"

Er wollte wissen: „Dem lieben Gott oder der Polizei?"

„Warum nicht der Polizei? Eine Vermisstenmeldung wäre doch angebracht."

Heinz stellte sich breitbeinig vor Ruth hin, kümmerte sich nicht um die Aufmerksamkeit, die er erregte: „So, so, Sie vermissen also einen Regenbogen! Höchst interessant. Gut, dann unterschreiben Sie mir Ihre Aussage. Sehr brav. Und jetzt ab mit Ihnen in die Zelle!"

„Heinz, übertreib bitte nicht immer so. Wegen eines Scherzes wurde noch niemand festgehalten. Auch nicht in Gmunden."

Heinz tat den Vorwurf seiner Mutter mit einem Schulterzucken ab, setzte sich wieder, machte ein feierliches Gesicht und sagte zu Ruth: „Im Namen der Stadt habe ich die Ehre, Ihnen mitzuteilen, dass Unauffälligkeit und Ruhe hier die obersten Bürgerpflichten sind. Nur ein unauffälliger Bürger kann ein Bürger dieser auffallend schönen Stadt sein, nur ein ruhiger Bürger bekommt eine Aufenthaltsgenehmigung."

Heinz und Ruth lachten, Susanne blieb ernst; als Ruth es bemerkte, hörte sie sofort zu lachen auf, sie hatte das Gefühl, Susanne sei eifersüchtig, aber vielleicht, dachte sie, täusche ich mich, und als Susanne sie freundlich wie zuvor fragte, wo sie eigentlich wohne, atmete sie auf, nur keinen Gespenstern nachrennen, ermahnte sie sich. Ruth erzählte von ihren bisherigen vergeblichen Besichtigungen. Heinz bot ihr sofort sein Zimmer an, er könne ja im Wohnzimmer schlafen, wenn er von Wien nach Hause komme. Ruth lehnte sein Angebot dankend ab. Er ging telefonieren, irgendeiner seiner Freunde wisse sicher Rat, und wirklich kam er mit einer Adresse zurück – „ganz in unserer Nähe", sagte er und wollte Ruth dorthin begleiten, wollte ihr, wenn sie die Wohnung nahm, auch gleich beim Übersiedeln helfen.

Vor lauter Anstrengung, ihre Rührung zu verbergen, konnte sie sich kaum bedanken. Wenn jemand in dieser Gegend so freundlich und hilfsbereit werden kann, dachte sie, dann liegt alles Kommende auch an mir, dann ist es möglich, sich dieser Kleinstadt zu entziehen.

Es war eine kleine Zweizimmerwohnung in einem Altbau gegenüber der Post, den See konnte sie von hier aus nur ahnen, aber, meinte Herr Schickel, der Vermieter, nachts, wenn die Stadt schlafe, dann könne sie, besonders bei Vollmond, seine Wellen an die Schiffe und gegen die Mauern schlagen hören. Die wenigen Möbel waren erträglich, zumeist ohnedies nur Brettergestelle, genug Platz für ihre

Bücher; sie hatte alle Bücher mitgenommen, in Kisten verpackt warteten sie auf dem Bahnhof. Sie würde alles so lassen, keine Bilder an die weißen Wände hängen, keine Teppiche über den Holzboden legen, keine eigenen Möbel neben die fremden stellen, nein, ich werde mir hier kein Nest bauen, kein Jahresnest, dem dann wieder ein Jahresnest folgt und wieder.

Außer den Vorhängen, diesen grellbunten Herzlandschaften, würde sie nichts verändern. Die einfache Frage von Heinz: „Warum nicht, Ruth? Ein Jahr ist lang.“, wollte sie nicht beantworten. Kaum hatte sie den Vertrag unterschrieben und ihre Schlüssel bekommen, nahm sie die Vorhänge ab. Heinz half ihr, lachte über ihre Ungeduld. Sie holten ihre Sachen aus der Pension und vom Bahnhof. Nachdem sie alles abgestellt hatten, überredete er sie zu einer abendlichen Segelpartie, diesen herrlichen Wind, meinte er, dürften sie einfach nicht versäumen.

Er segelte mit ihr von einem Ufer zum anderen. Nun fragte er sie doch noch einmal, warum sie es sich absichtlich schwermache. Ruth hatte die Augen geschlossen. Wenigstens für mich seiner Frage nach-denken: Warum darf ich nicht glücklich sein? Seit wann ist dieses Gebot gültig? Sie fand keine Antwort. Die Stille in ihr wurde ihr unerträglich.

Sie zog sich rasch aus, sprang ins Wasser, das eiskalt war, spürte, wie sich alle Muskeln zusammenzogen, die Gänsehaut auf dem Körper. Sie schwamm rasch, mit kräftigen Bewegungen. Heinz segelte zu ihr, als sie genug hatte, half er ihr ins Boot zurück. Er hatte ein Handtuch für sie vorbereitet, wollte sie abtrocknen. Ruth riss ihm das Tuch fast aus den Händen: „Danke, das mache ich lieber selbst.“ – „Du lässt dir wohl nicht gerne helfen?“ – „Du hast mir heute schon genug geholfen.“ Mehr als du ahnst, aber das behielt sie für sich. Der Wind, der Wind, das himmlische Kind, er lenkte ihn ab. Während er an der Stelle vorbeisegelte, an der sie und Christian eine Nacht lang ihr Boot verankert hatten, glaubte sie, einen dunklen Kreis im See zu sehen, der seine eigenen kleinen Wellen bildete und leise vor sich hinsang, Musik, die sich entfernt.

Der Wind ließ nach, der Himmel war diesig geworden, sie segelten langsam zurück in diesem Abendlicht, in dem alles, der Himmel, der See, die Hügel und die Berge die gleiche blaugraue Farbe angenommen hatte.

SIE
Vor jeder Erinnerung das Wissen …

Seit vierzig Jahren ein wiederkehrender Traum: Später, sagt eine Frauenstimme, später wird es uns nicht gegeben haben. Wir werden wie die Höhlen im Inneren der Berge sein, draußen ein dumpfes Wissen, dass da noch etwas war und ist, manche werden in die Höhlen gehen, manches an uns werden sie gerne sehen, wie sie die Wasserfälle, die riesigen Hallen und Tropfsteingebilde bewundern, werden sie auch an uns vieles finden, das sie bewundern können, aber sie werden rechtzeitig umkehren, bevor ihr Blick die schimmelnden Wände streift und der Fuß im Schlamm stecken bleibt, und wer wird es wagen, ihnen daraus einen Vorwurf zu machen, diesen Heraustretenden aus der Übereinkunft des Vergessens, ein Fest werden wir ihnen bereiten, dankbar werden wir sein, wenn der See ausgetrocknet ist, dann ist ein Tropfen alles …

Sie erzählt von der Rückkehr der Männer und erzählt von deren Tatenhunger und erzählt von den wenigen Dingen, die noch zu tun blieben. Alles andere war lange vorher entschieden, war entschieden in den warmen großen Räumen, nicht in den Bergen und nicht in den kleinen Stuben, war über ihre Köpfe hinweg entschieden. Es ist nicht so, sagt sie, dass es in der Geschichte nur für die einen Platz gibt, die einen mitbringen – manchmal gibt es für deinen Platz in ihr keinen …

Nachts war der Himmel wieder klar. Ruth öffnete beide Fenster ihres Zimmers. Sie saß im Dunklen, jetzt bereute sie es, die Vorhänge abgenommen zu haben, das Licht der Straßenlampe und die Lichter des Himmels nicht ausschließen zu können, aber vielleicht, dachte sie, ist es nur eine Einbildung, dass einen das Licht preisgibt. Die größer werdende Stille, immer seltener wurde sie von einem vorbeifahrenden Auto oder einem weit entfernten Hupen, das niemandem zu gelten schien als ihr, unterbrochen.

Ruth wusste nicht, wie lange sie bereits lauschte, als sie ihn endlich hörte. Zuerst schwappten kleine Wellen an die Ufer, die Schiffe, bewegte das Wasser den Sand und die Steine sacht hin und her, dann wurden die Wellen größer, der See rauschte, Ruth nahm ihren Mantel und lief hinunter, lief zu den größer und größer werdenden Wellen, fand sich wieder zwischen Autoreifen, Dosen, Ölkanistern, alten Volksempfängern, verrosteten Abzeichen und Falschgeld, Stöße von Falschgeld lagen herum, und zwischen all den nutzlos gewordenen Dingen kroch etwas hervor, verschaffte sich mehr und mehr Platz, machte alles andere unsichtbar, gab sich endlich zu erkennen. Vor ihr tanzten ihre eigenen Zweifel im Kreis, nahmen sie in die Mitte, riefen: Ach wie gut, dass niemand weiß ... und lachten und spotteten, da sie ohne Antwort blieben – die dann doch kam, vom See her kam die Stimme, alt und brüchig, sie versuchte, die Zweifel zum Verstummen zu bringen, zu alt, zu brüchig. Endlich erkannte Ruth die Stimme, der die Wellen halfen, das Land noch einmal zu erreichen, die Stimme ihrer Tante Inge war es, die wiederholte, was sie vor Jahrzehnten gesagt hatte: Sie, Ruth, werde eine gute Lehrerin sein. Ruth sah sich um, sah die Perücke ihrer Tante auf dem See schwimmen, weiter draußen glaubte sie an einem hellen Kreis ihre Glatze zu erkennen, oder war es doch nur ein Spiegelbild des Mondes, das mit den Wellen auf und ab schaukelte. Die Perücke schwamm auf den hellen Kreis zu, dieser mühsam zusammengesparte Haarersatz, der den kahlen Schädel ihrer Tante, ihre Narben, diese Kriegsnarben, die immer wieder aufbrachen, nicht ausheilen wollten, auch nachts bedeckt hatte. Fast wäre sie vor ein Kriegsgericht gekommen, Selbstverstümmelung wurde ihr vorgeworfen. „Mein Gott", hatte sie einmal gesagt, „die Nazis waren wirklich dümmer als erlaubt, wenn Vroni nicht sofort die Maschine abgestellt hätte, dann hätte ich heute nicht nur keine Haare, sondern wäre um einen Kopf kleiner seit damals." Die Zeiten, in denen ihre Narben wieder aufbrachen, verbrachte sie mit einem Verband über dem Kopf zu Hause, dann waren wir allein, redete sie mit mir wie sonst nie, redete von den unerfüllten Wünschen, Lehrerin zu werden war der größte und verstiegenste gewesen.

Ja, Tante Inge wäre glücklich. Warum kann ich es nicht sein?

Wo hatten sich denn all diese Zweifel bisher versteckt, die jetzt gleich wild gewordenen Tieren über mich herfallen? Die Zeit, in der ich sie nicht wahrnehmen wollte, ist doch lange vorbei. Trotzdem habe ich das Gefühl, als stünde ich nackt am Ufer des Sees. Die Füße erreichen noch festen Boden, aber eine Welle genügt, sie trägt den Stein mit sich fort, auf den ich mich flüchtete, da ist nichts mehr, das mich hält. Erziehung zur Mündigkeit – das Plätschern der Wellen klingt höhnisch –, welchen Erzieher würde das erfordern? Und was willst du lehren? Du lebst doch nur noch in der Verneinung: kein Krieg, kein Hunger, keine Armut, keine Arbeitslosen, keine Macht über Menschen, keine Umweltzerstörung – aber die wirklichen Worte, Freiheit, Gleichheit, Brüderlichkeit und Schwesterlichkeit sind nur mehr ausgepresste Begriffe für dich, die in der Geschichte herumtaumeln, du hast doch den Glauben längst verloren, dass sich diese alten Sehnsüchte in Menschenzukunft erfüllen werden. Und wie, fragte sie sich weiter, will ich ohne Zukunftsgedächtnis die Vergangenheit erkennen? Wie als Lehrerin friedlich mit den Schülern leben? Und was wird sein, wenn sie meinen Hoffnungen nicht entsprechen, werde ich sie auch dann gelten lassen können? Eine andere Stimme antwortete ihr: Du wirst die Schüler belügen und betrügen und bestrafen und übersehen und falsch benoten und ungerecht behandeln und manche bevorzugen – alle Fehler, die Lehrer im Alltag nur machen können, wirst auch du machen!

Am nächsten Morgen schien die Sonne. Ruth ging den längeren Weg, der ein Stück am See entlangführte, in die Schule.

Still lag er in der Morgensonne, vor dem Traunstein zogen Nebelfetzen vorbei, er wirkte dadurch noch mächtiger. Gierig nahm sie all die Schönheiten der Natur in sich auf. Die Angst war während des Schlafs verschwunden, und wieder einmal fragte sie sich, welches Gesicht ihr wirkliches war, das der Nacht oder des Tages. Dann sagte sie halblaut zu sich: Beide vielleicht! Beinahe wäre sie mit der vor ihr gehenden Frau zusammengestoßen, die stehen geblieben war, sich nach ihr umsah, sie anstarrte, sich mit ihrem Zeigefinger gegen die Stirn tippte. Ruth hob kurz die Schultern, lächelte, während sie an ihr vorbeiging.

Ruth hatte die Schüler der zweiten Klasse gebeten aufzuschreiben, was sie bisher über die Geschichte des Salzkammergutes erfahren hatten. Ein Schüler, Thomas, meldete sich und meinte, er habe diese Aufgabe nicht gemacht, das seien Kindereien. Ruth bemühte sich, ernst zu bleiben, bat Thomas, ihr das genauer zu erklären. Er wurde ungeduldig. In der Volksschule hätten sie Heimatkunde gehabt, meinte er, und alles an ihm drückte seine Geringschätzung darüber aus, aber im Gymnasium werde doch Geschichte unterrichtet, das wisse er von seinem großen Bruder, und mit Geschichte habe diese Gegend nichts zu tun.

Endlich verstand ihn die Lehrerin. Thomas war zufrieden, er war gerne bereit zu erzählen, was für ihn Geschichte sei. Ruth war nicht überrascht von seiner Aufzählung, nur von den vielen Namen, die er wusste. Sie fragte die anderen, ob sie dem noch etwas hinzufügen wollten. Sie lächelte angesichts dieser nachdenklichen Kindergesichter, einige wenige sahen zum Fenster hinaus oder waren mit etwas unter der Bank beschäftigt, für sie wirst du dir etwas Besonderes einfallen lassen müssen, dachte sie. Ein Bub rief auf einmal: „Krieg!“, einige stimmten ihm zu, einer fragte: „Welchen meint ihr denn, es gibt so viele.“ Stimmengewirr, jetzt wurden sie eifrig, die Meinung, alle Kriege gehörten zur Geschichte, setzte sich durch. Ein Mädchen, Anna, rief: „Hier war auch Krieg.“ Thomas lachte, Anna zeigte ihm die Zunge. Sie fragte die beiden, ob sie darüber diskutieren wollten, beide nickten. Sie bat die Klasse, sich in zwei Gruppen zu teilen, je nachdem, welcher Meinung sie seien, sollten sie sich hinter Anna oder hinter Thomas setzen und versuchen, ihnen zu helfen. Ein Wirbel entstand; als alle wieder saßen, stellte sie fest, dass viel mehr Kinder hinter Anna saßen, warum, fragte sie sich, haben sie vorher Thomas nicht widersprochen. Anfangs lief es mühsam, sie half ihnen mit Fragen, aber nach kurzer Zeit redeten sie durcheinander, sie ließ es zu, dass sie sich ins Wort fielen, gleichzeitig redeten. All diese Geschichten, die plötzlich aus ihnen herausdrängten – sie versuchte, sich Gesichter und dazugehörende Erzählungen zu merken, die gefallenen Großväter, die Großmütter, die allein die Familien versorgten, die Einkäufe auf Marken, Hunger und Angst und die vielen durchziehenden Fremden.

Zuletzt gab sie jedem Kind einen Zettel, auf dem sie den Lehrplan eingetragen hatte, den sie in diesem Schuljahr durcharbeiten mussten. Sie sollten sich dazu Gedanken machen, ihr das nächste Mal sagen, was sie am meisten interessiere. Die Reaktionen darauf waren eher wie am Anfang der Stunde, gelangweilte Gesichter – durch diese Langeweile wirst du einen Weg finden müssen, von jedem Kind bis zu den Anfängen der Menschheit, und du weißt, dass du es nicht schaffen wirst, aber versuchen musst du es.

In der Maturaklasse war niemand neugierig auf sie, war sie, die Neue, ein Störfaktor auf dem Weg zum Ziel, unberechenbar. Ruth hoffte, ihnen mit ihrer Sachlichkeit etwas Sicherheit zu geben. Sie verteilte in dieser Klasse den Jahresplan gleich in der ersten Englischstunde, fragte die Schüler, ob ihnen fünfzehn Minuten reichten, sich für eine Diskussion zu den einzelnen Punkten vorzubereiten. Eine Schülerin zeigte auf: „Können Sie uns bitte verraten, was es darüber zu diskutieren gibt? Das ist doch Augenauswischerei, wir müssen ja doch den ganzen Stoff beherrschen, also fangen wir lieber gleich damit an.“ Diese Ausgelieferten, dachte sie, während sie die zustimmenden Kopfbewegungen wahrnahm, ausgeliefert an ihre Angst vor dieser Prüfung, bereits jetzt. Am meisten erstaunte es sie, wie selbstverständlich ihnen die Angst war; kein Gedanke an Gegenwehr. Sogar meine Vorschläge erleben sie als Fallen. Wie sollte es möglich sein, dass neben dieser Angst auch noch Platz für Interesse ist, für sie selbst?

Sie erklärte ihnen den Spielraum innerhalb des Lehrplans, hatte aber nicht den Eindruck, ihnen verständlich machen zu können, wo ihre Möglichkeiten lagen. Bis ein Schüler fragte: „Und was ist, wenn ich mich nur für Autos interessiere?“ Allgemeines Gelächter. Ruth dachte, hoffentlich kommt nicht der Tag, an dem ich dankbar sein werde, wenn sich einer von euch überhaupt für etwas anderes als die Matura interessiert, und laut sagte sie: „Das kommt darauf an. Ich könnte mir ein Thema vorstellen, das etwa heißt: Die internationale Entwicklung der Autoindustrie – da könnten Sie sowohl als Handelsspezialist, als Motorspezialist und auch als Umweltinteressierter diverse Aspekte herausarbeiten. Am besten fangen Sie noch heute mit einer Materialsammlung an.“ Jetzt zeigte einer nach dem anderen auf: Ob die Computer ein Thema seien, ob Bukowski oder nur die englische Literatur, welche Literatur, Henry Miller, sei der erlaubt?

Ruth notierte sich einige Fragen, das schien sie zu beruhigen.

Von einer Sekunde zur anderen war es still in der Klasse.

Ruth folgte den Blicken der Schüler, der Direktor schloss eben die Tür hinter sich, sie hatte ihn nicht kommen hören.

Die Schüler sprangen auf, Ruth bot ihm ihren Sessel an, er winkte ab, ging an ihr vorbei, ging in der Klasse auf und ab, blieb vor einer Schülerin stehen und fragte sie höflich, was sie bisher in der Stunde gemacht hätten. Ruth verfluchte ihn innerlich, endlich waren die Schüler zum Reden gekommen, jetzt unterbrach er diesen schwerfällig angelaufenen Prozess.

Die Schülerin antwortete ihm in bestem Englisch, erzählte etwas von Überprüfung ihres Wissens. Ruth hörte ihr verwundert zu, ich kann sie doch nicht vor dem Direktor der Lüge bezichtigen, testet sie mich jetzt, oder was ist los mit ihr? Der Direktor bedankte sich bei der Schülerin, ging nun wieder auf und ab und hielt dabei eine Rede über die Bedeutung der Matura, über die Bedeutung der Matura an dieser – seiner – Schule. Er schürte die Angst, er malte die Schreckensbilder so groß er sie nur malen konnte, Ruth hätte am liebsten aufgelacht. Sie beobachtete die Gesichter der Schüler, sie hörten ihm alle zu. Ihr kamen sie wie Schwämme vor, die die Angst zum Überleben brauchten, sie gierig aufsaugten, da sie ihnen endlich zurückgegeben wurde.

In diesem Moment erinnerte sie sich an ihr Vorstellungsgespräch bei ihm, sah sich noch einmal vor ihm stehen, hörte ihn noch einmal von dem hohen Niveau an seiner Schule schwärmen, das er auf die strikte Einhaltung der Lehrpläne zurückführte, die ein absolutes Gesetz seien, dessen Einhaltung er nicht müde werde zu kontrollieren.

Nun liegt dieser Plan wirklich vor mir und vor den Schülern, und vielleicht war die Langeweile in der zweiten Klasse nur meine Langeweile und das Desinteresse in dieser Klasse nur mein Desinteresse, und eine Stimme höhnte: Wie leicht ist es doch, sich über die Angst der Schüler lustig zu machen, wenn man sich selbst draußen lässt, und Ruth fragte sich, wie es möglich war, dass sie nichts Eiligeres zu tun gehabt hatte, als sein Gesetz zu ihrem zu machen, den Lehrplan als Maßstab zu nehmen, nicht das Interesse der Schüler, das nur in vorgegebenen Bahnen zur Sprache kommen soll – und da wunderst du dich noch über ihre gelangweilten Gesichter? Die Stimme, die von einem sinnvollen Kompromiss redete, überhörte sie.

Ich habe alle Gespräche mit Frau Pichler in Wien in dem einen Gespräch mit ihm vergessen – so hätte sie mich umsonst gewarnt? „Sie müssen den Lehrplan auswendig kennen. Für Ihre Stelle kann er in der ersten Zeit alles bedeuten. Aber zu mehr taugt er nicht. Wenn Sie ihn zu mehr machen, werden Sie im besten Fall Ihren Beruf in einigen Jahren wieder an den Nagel hängen, im schlimmsten Fall eine Beamtin werden, die auf die Pensionierung wartet." Nun, Ruth, wofür wirst du dich entscheiden. Es gibt ein Drittes, tröstete sie sich: lernen!

Der Direktor redete bis zum Ende der Stunde; sie gingen nebeneinander zum Konferenzzimmer, er lobte die Klasse, seine beste Klasse. „Ich hoffe, das wird sie auch weiterhin bleiben. Ihre Vorgängerin war ja eine ausgezeichnete Englischlehrerin, Frau Donnberg lebte fünf Jahre in London.

Das sollten Sie unbedingt auch einmal tun, man hört es einfach an der Sprache, glauben Sie mir. Womit ich selbstverständlich nichts gegen Ihre Aussprache gesagt haben möchte." Er lachte. „Schon deshalb nicht, weil ich Ihr Englisch nicht kenne. Aber was rede ich denn da! Sie haben doch sicher die Sprachbegabung Ihres Vaters geerbt. Das war ein Mann. Nur, dass er mir seine Tochter verschwiegen hat, das könnte mich fast kränken." Er legte seinen Arm um ihre Schultern, drückte sie an sich, redete jetzt leise mit ihr, nur mit ihr: „Es freut mich, dass Sie so schnell eine Wohnung gefunden haben. Ich verstehe Sie. Ich hätte mich als Lehrer auch nicht in das Elternhaus des Direktors gesetzt, in die Nebenhöhle des Löwen, gewissermaßen. Ganz der Herr Papa, der wollte auch immer unabhängig sein."

Ruth ekelte sich vor ihm, er hörte nicht auf, sie an sich zu drücken, bald würde ihr Kopf in seiner Achselhöhle verschwunden sein, der saure Geruch von Schweiß, die Schweißränder auf dem Anzug, woher nimmt er das Recht, über mich zu verfügen. Sie wusste nicht, wie sie sich verhalten sollte, wünschte sich für einen Augenblick zurück in die Zeit, in der sie mit solchem Machogehabe selbstverständlich umgehen konnte – in diesem Fall, dachte sie, hätte ich gelächelt und entschuldigend behauptet, ich würde gerne eine Zigarette rauchen, sie, die Nichtraucherin, die aber für alle Fälle immer ein Päckchen in der Handtasche hatte, und er hätte mich losgelassen und mir Feuer gegeben und nichts bemerkt. Diese Frau gab es nicht mehr. Die andere, nach der sie sich sehnte, die in dieser Situation höflich und bestimmt sagen würde: Nehmen Sie bitte Ihren Arm von meiner Schulter, war noch nicht an ihre Stelle getreten. Dieser Lernprozess war schwieriger, als sie vermutet hatte. Aber irgendetwas werde ich trotzdem tun müssen, jetzt war es ihr egal, sie sah sich zu, wie sie über ihre eigenen Füße stolperte, weit genug wegstolperte, damit er ihr nicht helfen konnte. Die Vertraulichkeit war aus seinem Gesicht verschwunden, Ruth atmete auf, er würde es nicht mehr versuchen, im Moment nicht.

„Um eines muss ich Sie entschieden ersuchen, Frau Berger. An sich mische ich mich nie in die Privatangelegenheiten meiner Lehrer ein, ich habe genug Probleme mit der Schule, das können Sie mir glauben. Es ist nur eine peinliche Banalität – könnten Sie sich nicht Vorhänge kaufen. So viel verdienen Sie doch jetzt, sonst, ich könnte Ihnen auch gerne ..."

Er drehte sich um und ging weiter zu seinem Zimmer, öffnete die Tür und schloss die Tür, und eine Tür nach der anderen wurde geöffnet, und Köpfe sahen heraus und grinsten, und Hände und Arme zwängten sich durch die Türspalte und drohten mit dem Zeigefinger, und manche schlossen sich zur Faust und streckten sich gegen sie. Plötzlich verschwanden die Hände, wurden die Türen leise zugemacht, zugesperrt. Ruth probierte eine nach der anderen zu öffnen, aber keine war unversperrt geblieben, keine einzige Tür von all den Türen.

Zu Hause erwartete sie ein Brief von Christian. Er wollte sie besuchen. Ruth sah auf das Datum, zögerte einen Moment, verglich es mit dem Kalender, ja, das war heute. Der Poststempel war fünf Tage alt, sie ärgerte sich, ich muss mir einen eigenen Postkasten anschaffen.

Sie wollte nicht auf die Uhr sehen, nicht auf die Geräusche im Haus achten, ertappte sich aber doch immer wieder dabei, wie sie, statt zu lesen, lauschte. Als es klopfte, machte ihr Herz den bekannten kleinen Sprung. Aber es war nicht Christian, nur „sein Bote", der ihr einen großen Blumenstrauß überreichte, den Ruth mit einem spöttischen Ausdruck in Empfang nahm. Vornehm, vornehm, dachte sie, der Herr lässt sich eine Absage einiges kosten. Sie las die Karte: Liebe Ruth, in aller Eile, verzeih mir bitte, aber meine

Frau wollte im letzten Augenblick unbedingt mitfahren, ich komme, sobald ich kann, Christian.

Ruth lachte über sich, nun habe ich mich ganz umsonst bemüht zu vergessen, dass er verheiratet ist. Nachdem sie die Blumen in einer Vase geordnet hatte, wusste sie, dass sie dieses Spiel nicht wiederholen würde. Sie fand sich nur noch komisch in der ihr einst vertrauten Rolle der fernen Geliebten, sie passt nicht mehr zu mir, entschied sie, und daran ist eigentlich nichts bedauerlich. Ruhig betrachtete sie die Bilder, die auftauchten. Es war, als würde sie sich an zwei Fremde erinnern, nicht an sich und M., ihren Geliebten für dreiunddreißig Nächte. Dreiunddreißig gemeinsame Nächte in zwei Jahren, aber dafür haben wir mindestens siebenhundertdreißigmal telefoniert. Diese abendliche Telefonbeziehung – die Geräusche der Autos dröhnten noch in Madrid oder Wien –, bis eines Tages eine Telefonzelle außer Betrieb war, und das ausgerechnet an ihrem Geburtstag. An diesem Tag machte M. sich noch die Mühe, eine andere zu suchen, Ruth sah sich wieder warten, unfähig, das Hotelzimmer zu verlassen und zu den anderen hinunterzugehen, die mit ihr feiern wollten, seine Stimme dann, verärgert, als wäre es ihre Schuld, dass jemand eine Telefonzelle in London zerstört hatte. Diesen Weg ging er nur einmal. Während ich weiterhin abendelang auf seinen Anruf wartete, hat er wahrscheinlich seine Bequemlichkeit wiederentdeckt – wie gut tat es doch, nach Hause zu kommen, den Anzug gegen den Hausrock tauschen zu können und es sich vor dem Fernseher gemütlich zu machen, niemand brachte ihn mehr von hier fort; seit diesem Tag schwieg London.

Sie schrieb Christian eine Karte, dass er nicht mehr kommen könne. Keine Erklärungen, das war vorbei.

Die Vorhänge kaufte sie gleich um die Ecke, wie sie alles „gleich um die Ecke“ kaufte, sinnlos waren alle Anstrengungen, hier anonym zu bleiben – daran gewöhne ich mich lieber gleich. Woran sie sich nicht gewöhnen konnte, war der Gedanke, jeden Sonntag wieder in die Kirche gehen zu müssen. Während sie die Vorhänge mühsam mit der Hand einsäumte und mit Schlaufen versah, entschied sie sich, nicht zu gehen. Sie versuchte, sich Reaktionen auf ihr Wegbleiben vom Gottesdienst vorzustellen, aber mit der, die sie dann erlebte, hatte sie nicht gerechnet: Niemand außer Susanne sprach sie darauf an, es war, als hätte keiner etwas bemerkt.

Ruth beobachtete sich dabei, wie sie darauf wartete, angesprochen zu werden, wie ihr dieses Schweigen unheimlicher war als die inzwischen vertrauten Bemerkungen.

Susanne fand ihr Verhalten kindisch. Sie würde sich kein Bein brechen, wenn sie ginge. Ruth verbat sich solche Einmischungen. Susanne nannte sie daraufhin eine Mimose. Jetzt könnte ein Wort das andere geben und der schönste Streit wäre im Gange. Aber nicht mit Ruth. Sie zog sich zurück, hörte nicht mehr auf Susanne, nur noch auf die eigenen Stimmen. Da war es wieder, dieses warnende Geraune: Ja nicht vertraut werden mit einem Menschen, du wirst nur verletzt werden oder selbst verletzen, beides willst du nicht mehr.

Ganz zaghaft klang dagegen die Stimme der Vernunft: Aber du kannst dich doch wehren, Ruth, und die anderen können es auch. – Und Eva? Das Zucken ihres Kopfes, wenn du sie wieder einmal von dir weggestoßen hast. Da war kein Wehren, nur Hilflosigkeit, aus der es kein Entkommen für sie gab, die dich bedrohte, die du nicht aushieltst. – Woran hat sie dich erinnert, was von dir wolltest du nicht erkennen? Und siehst es noch immer nicht, verkrampfst deine Hände zu Fäusten, die keine Stimme öffnet, so eindringlich sie auch klingt: Es ist nicht deine Schuld, dass Eva verzweifelte. Ruth blieb misstrauisch gegenüber dieser Behauptung. Zu oft hatte sie Unschuldserklärungen inmitten der Schuld gehört.

Aber auch grundlose Schuldzuweisungen, erinnerte sie die Stimme – „Alles nur deinetwegen, Ruth!“ Wie wenig ich die Sätze in mir verändert habe, dachte sie. Einen Buchstaben habe ich ausgewechselt, mehr nicht: Alles nur meinetwegen!

Die eigene Stimme konnte zynisch sein: Eva ist also an dir gestorben! Du leidest an einem Machtrausch, Ruth: Ich bringe das Leben oder den Tod. Merkst du nicht, wie lächerlich du in deinem Größenwahn bist?

Für Sekunden ein friedliches Bild. Das Haus in Wien, der Garten davor, eine Frau und ein Kind spielen im Gras, ein Mann kommt und setzt sich zu ihnen – aber warum sitzen alle mit dem Rücken zu mir, warum kann ich niemanden erkennen? Dieser Unsicherheit nicht nach-denken, dieses Wunschbild, das nicht ganz gelingt, festhalten wollen, die drei mitsammen reden, lachen, essen, trinken und einmal schuldlos sein lassen, Gleiche unter Gleichen, ohne Angst voreinander, ohne Angst vor sich. Die Gartenmauern sind dick, sie halten alles von den drei Menschen fern, und die Heckenrosen formen einen schützenden Himmel über ihnen. Das Bild nicht festhalten können, zusehen müssen, wie es verschwindet, zurück bleibt die Angst vor den anderen, vor mir. Wann hat sie angefangen? Sie ist wie Säure, ich bin zerfressen von ihr, sie treibt mich aus dem Garten zu den Sirenen, in ihrem Getöse fühle ich mich sicher, als wäre es mein Zuhause.

Alle Schüler außer Thomas hatten einen Bericht geschrieben. Ruth überflog die Zeilen, las etwas über Bräuche, Kirchen. In keinem Aufsatz fehlte die Kaiservilla von Bad Ischl, und in den meisten wurde das Schloß Orth erwähnt. Sie stellte sich die Kinder vor, heute und morgen, diese Vergangenheit hatte nichts mehr mit ihnen zu tun, wurzelloses Dasein oder ein Dasein mit fremden Wurzeln. Sie warf den Stoß

Zettel verärgert auf den Schreibtisch. Wiederkäuer nannte sie für sich die Lehrer, die heute die Kinder mit dem gleichen Stoff langweilten, womit sie einst selbst gelangweilt wurden.

Nach dem Abendessen nahm sie die Zettel noch einmal zur Hand, sie glaubte, etwas übersehen zu haben. Sie blätterte den Stoß durch, wusste nicht, wonach sie suchte, da hielt sie ein Blatt in der Hand, zog es aus dem Stoß heraus, ja, da war sie wieder, diese Schrift, die kleinen Buchstaben, deutlich lesbar, ja, diese Schrift gleicht der anderen.

Noch einmal die Ansichtskarten von Gmunden umdrehen, diese vielen Ansichtskarten, noch einmal die Unterschrift lesen, auf jeder Karte derselbe Name, Anna, auf jeder Karte ein eingerahmtes Kästchen mit Namen und Absender, *Anna Zach*, kleine Buchstaben, deutlich lesbar, derselbe Name, der gleiche Ort, die Rückkehr des Namens, hierher kehrte er zurück, von wo er weggeschickt worden war, hier fügten sich Name und Ort wieder zusammen. Warm, wärmer, am wärmsten, noch ist die Erinnerung nur ein Spiel. Nun wusste sie wieder, wo sie die Schuhschachtel gefunden hatte, ganz geheimnislos im Schrank der Mutter, während eines dieser Verkleidungsspiele, bei dem nur noch die Schuhe gefehlt hatten. Sie hatte die alte Schuhschachtel, die mit einem Band zusammengebunden gewesen war, hervorgezogen, hatte die Masche des Bandes aufgemacht. Die Briefe, die unter den Ansichtskarten lagen, liegen heute noch irgendwo. Ruth hatte die Briefe herausgenommen, sie in der Hand gehalten, hatte das Nahen der Mutter gespürt, noch bevor sie sie gesehen oder gehört hatte, hatte die Briefe unter ihre Kleidung gesteckt, auf die Mutter gewartet, ihre Stimme, „Ruth, räum das sofort wieder ein." Die Mutter blieb neben ihr stehen, Ruth sah nur ihre Füße in den Filzpantoffeln und ihre Unterschenkel, den Saum des grünen Schlafrocks, ein warmer Schlafrock, es war also Winter. Waren die Hände kalt, ungeschickt, als sie die Ansichtskarten in die Schuhschachtel zurücklegten, ordentlich, eine auf die andere? Ruth sagte kein Wort, die Mutter half ihr nicht. Sie musste den Deckel mit einem Knie auf die Schachtel pressen, um sie wieder verschließen zu können, machte zuerst einen Knoten, wollte die Masche binden – die Mutter unterbrach sie: „Das reicht jetzt, gehen wir. Aber vorher ziehst du noch mein Kleid aus!“ Dastehen und nur den Kopf verneinend bewegen können. Die Mutter hatte es eilig, bestand nicht auf der Erfüllung ihres Befehls. Ruth ging hinter ihr, presste ihre Arme gegen ihren Bauch, hustete, wenn das Briefpapier knisterte, wollte nichts essen, behauptete, ihr sei schlecht, der prüfende Blick der Mutter, noch einmal ihre Stimme: „Du weißt, ich mag keine Kinder, die lügen.“ Ruth ging in ihr Zimmer, versteckte die Briefe, ohne sie gelesen zu haben, wartete, dass ihr schlecht würde.

Sie legte Annas Bericht zu den anderen, stand auf, suchte nach den Briefen, nicht gerade gründlich, nicht eben eifrig, aß einen Apfel, suchte noch etwas weiter, ließ es dann sein.

Nachts wachte Ruth auf, Halbschlafwirklichkeit, wie dick sind die Mauern dieses Hauses, sie hörte eine Frauenstimme, sie schrie vor sich hin, hielt sich fest an ihrer lauten Stimme, überschrie ihre eigene Verzweiflung: Ich halte es nicht mehr aus mit dir, Ruth schlief kurz wieder ein, träumte von Frau Schickel, die sie bisher nur den Gang, das Stiegenhaus aufwischend gesehen hatte, eine kleine, zarte Frau, diese Stimme passte doch gar nicht zu ihr, träumte von Herrn Schickel, seine Brille rutschte ihm ständig auf die Nase, er musste sie festhalten, sie sah in kleine blaue Augen, die Augen wurden größer, die Brille verschwand, die Falten glätteten sich, das graue Haar wurde dunkelblond, es ist der Vater, und es ist die Mutter, die schreit, noch immer schreit die Mutter, dachte Ruth, während sie sich in ihrem Bett herumwälzte.

Ich halte dich nicht mehr aus, bleib du doch in Berlin, aber lass mich in Ruhe mit deinen Parteifreunden, mit diesen Mördern, ich will nicht unter lauter Mördern leben, Mördern ...

Ruth glaubte, jemand versuche, in ihr Zimmer zu kommen, sie stand auf, öffnete die Tür, fragte in den dunklen Flur hinein: „Sind Sie es, Frau Schickel?“, bekam keine Antwort, legte sich wieder ins Bett, kein Gedanke, hinunterzugehen wie damals, all die Schreie waren plötzlich nicht gewesen, die Eltern hatten sich an den Händen gehalten und sie ins Bett geschickt, aber das Kind war nicht ins Bett gegangen, daran erinnerte sie sich nun, denn in diesem Moment wurde Fliegeralarm gegeben, und der passte nicht zu dem Wort „Endsieg“, das der Vater dauernd ihrer Mutter ins Ohr flüsterte – wenigstens bis zum Endsieg solle sie nach Berlin kommen; von dem Kind war in diesem Geflüster nicht ein einziges Mal die Rede. Sie hatte den ihr zugewiesenen Platz verlassen und sich auf den Schoß der Mutter gesetzt und ebenfalls geflüstert, dass sie bleiben müsse; und spürte noch einmal, im Traum oder im Wachen, das konnte sie nicht mehr unterscheiden, wie ihre Mutter sie an sich gedrückt hatte und etwas vom Vater weggerückt war, so dass sich das Kind plötzlich zwischen den beiden befunden hatte – und dann?

An jedem Schultag sah sie Anna. Manchmal stand Anna während der langen Pause allein im Schulhof herum, manchmal suchte Ruth sie und atmete auf, wenn sie Anna unter anderen Kindern entdeckte. Manchmal kam Anna auch zu ihr. Ruth fragte sie einmal, ob ihre Großmutter noch lebe, Anna antwortete eher unwillig: „Ja, ja.“

Sie hatte verstanden und sie nichts mehr gefragt. Manchmal sagte Anna von sich aus etwas über die Großmutter, dass sie früher oft bei ihr gewesen sei, sie gerne bei ihr gewesen sei, sie ein Gartenhaus habe, ein richtiges Märchenhaus, in dem sie am liebsten gespielt habe. Kaum fragte Ruth nach, warum sich das geändert habe, schwieg Anna wieder. Einmal weinte sie, sagte aber nichts. Ruth sah über Anna hinweg zu den anderen Kindern, dachte, es ist wohl nicht gut für sie, wenn sie zu oft bei mir steht, was ist mit diesem Kind. Es ging ihr nicht mehr aus dem Kopf, vor dieser Anna gab es kein Entkommen, es ist, als hätte sie mich zu einem Boot geführt, mich in das Boot gesetzt, es in den Fluss hinausgestoßen, langsam und mit vielen Unterbrechungen fahre ich stromaufwärts, warum springe ich nicht in den Strom. In welchen Strom, in den einen, weit weg, zu dem die Flüsse reichen, der Fluss fließt am Grunde des Sees.

Den See sah sie nur noch vom Land aus, kein Segelboot brachte sie über das Wasser zu anderen Ufern, eine Bemerkung von Knapp zu Susanne, die sie zufällig mitgehört hatte, genügte, die Segel einzuziehen, den Sätzen ihre Macht zurückzugeben, sie mächtiger zu machen als alle Sehnsucht nach den Elementen. Knapp hatte Susanne gefragt, ob sie denn keinen Einfluss mehr auf ihren Sohn habe? Ob er mit Ruth reden solle oder ob sie es tun würde? Susanne hatte ihn ausgelacht, in dieses Lachen mischten sich seine Sätze, er an ihrer Stelle würde darüber lieber nicht lachen, Ruth und Heinz seien das Tagesgespräch in Gmunden, und auf wen falle das Verhalten eines Sohnes zurück?

Als Heinz sie wieder zum Segeln abholte, sagte Ruth nein. Sie blieb in der Tür stehen, ließ ihn nicht in die Wohnung, fügte nur hinzu, in der Schule reden sie über uns. Ruth beobachtete sein Gesicht; als es zornig wurde, spürte sie zum ersten Mal Neid gegenüber einem jüngeren Menschen. Ja, ich bin neidisch auf dieses unverkrampfte Gesicht, dieses sich zeigende Gesicht. Susannes Gesicht hat viel von dieser Lebendigkeit behalten, ihre Art, die Augenbrauen hochzuziehen, blitzschnell, wenn sie etwas irritierte, ihr herzliches Lachen, das ihr Gesicht in viele Falten legte, ihre wirkliche Empörung, bei der ihre braunen Augen schwarz wurden.

Heinz schwieg lange, dann sagte er: „Ich habe nicht geglaubt, dass du auch so bist."

Und Ruth fragte ihn: „Wie – auch so?", musste ihn fragen, obwohl sie wusste, was er meinte, aber sie wollte es hören, er sollte es aussprechen. Heinz war gegangen ohne ein weiteres Wort.

Dann doch wieder die Suche nach den Briefen, gründlicher, eifriger. In einem Märchenbuch, zwischen einem Zeitungsumschlag und dem Buchdeckel hatte sie sie versteckt. Ruth hielt die Kuverts in der Hand, sie waren nicht zugeklebt, auf jedem stand der Name ihrer Mutter und die Adresse ihrer Eltern, der Name einer Toten, eine Adresse in Wien, die es vielleicht noch gab, aber das Haus, in das Anna Zach diese Briefe geschickt hatte, in dem Ruth sie gefunden hatte, dieses Haus gab es seit Jahrzehnten nicht mehr. Ruth fragte sich, ob ihre Mutter gewollt hatte, dass sie diese Briefe fand, ob sie irgendwann die Schuhschachtel ausgeleert und die Briefe gesucht hatte. Oder hatte sie ihr Fehlen sofort bemerkt, als sie Ruth befahl, die Karten wieder einzuräumen. Ruth hatte nicht aufgesehen zu ihr – wo hatte die Mutter hingesehen.

Drei Briefkuverts lagen auf Ruths Schreibtisch – aller guten Dinge sind drei, ja, und die Ausnahmen bestätigen die Regel, dachte sie. Wie oft hatte sie die Briefe bereits in der Hand gehalten, die Reihenfolge des Öffnens überlegt. Ruth legte die Kuverts wieder auf den äußersten Rand des Schreibtisches, legte Hefte darüber, Notizzettel, legte die verschiedensten Tätigkeiten zwischen sich und die Briefe.

Eben geht sie in ein Papiergeschäft, sieht sich prüfend um, verlässt es, ohne etwas zu kaufen, kümmert sich nicht um den Eifer des Ladenbesitzers, geht in das nächste Papiergeschäft, wiederholt ihre prüfende Umschau, verlässt auch dieses ohne ein Päckchen, geht zurück in das erste, nun hat sie sich offensichtlich entschieden, sie kauft einen Aktenordner, dunkelrot mit schwarzen Querstreifen, trägt ihn stolz unterm Arm nach Hause, stellt ihn auf den Schreibtisch, holt aus einer Schublade Zettel, heftet die Zettel im dunkelroten, schwarzquergestreiften Ordner ab, der jedoch innen auch nur mausgrau ist wie ihre anderen; fünf Zettel insgesamt, so viel sie noch sucht, es werden nicht mehr. Fünf Berichte über den Widerstandskämpfer Jakob Zach, kein Bericht über Anna Zach. Nur indirekt kommt sie auf jedem Blatt vor, als Unterstützerin ihres Mannes, diesen Nebensatz war sie den Historikern wert, aber keiner machte sich die Mühe aufzuschreiben, wie sie ihn unterstützte. Zornig klappt Ruth den neuen Ordner zu, auch mit Nichtbeschreibungen kann man Menschen verhöhnen.

Während sie durch Gmunden ging, sah sie Anna Zach vor sich in einem Haus verschwinden, unauffällig wieder herauskommen, einige Häuser weiter der gleiche Vorgang. In wie viele Häuser ist sie gegangen? Wie viel Geld hat sie monatlich für die Partisanen gesammelt? Hat sie sich umgedreht, bevor sie ein Haus betrat, oder war sie sicher, von niemandem beobachtet zu werden? Hatte sie sich eine Ausrede zurechtgelegt für den Fall, dass die Gestapo sie vor einer der Haustüren erwartete? Hatte sie Alpträume in all den allein verbrachten Nächten? Wachte sie bei jedem Geräusch im Haus auf oder nur, wenn es nachts zu schneien begann oder ein Gewitter den Himmel mit der Erde verband und die Bäume die Blitze auf sich zogen, vielleicht die Bäume, unter denen die Partisanen lebten? Sorgte sie sich um ihren Mann?

Ruth sah Anna Zach auf dem Fahrrad durch das Salzkammergut fahren, das Essen für die Männer in den Bergen einsammeln, dieses notwendige Essen im Rucksack verstecken, darüber legte sie vielleicht Kinderkleidung – nahm sie ihren Buben auf diese Fahrten mit? Danach die Fußmärsche. Wie viele Kilo konnte eine Frau im Rucksack die Berge hinauftragen? Die Männer waren bewaffnet, die Frauen in den Tälern waren es nicht. Unbewaffnet gingen sie die einsamen Pfade.

Ruth hoffte, die Frauen hätten keine Angst gehabt, wie sie Angst hatte, wenn sie nachts durch den Wald gehen musste, was nicht mehr vorkam, was einmal vorgekommen war, als Walter sich in ein abgelegenes Häuschen eines Freundes zurückgezogen hatte und für seine Prüfungen lernte – manchmal hatte sie nur noch den letzten Zug erreicht, musste in der Finsternis zu ihm gehen, in der sich die Sträucher und Bäume jederzeit in Menschen verwandeln konnten und keine Vernunft die Entstehung der Schreckensbilder verhinderte. Ich wäre bereits an dieser alltäglichen Angst gescheitert, dachte Ruth, oder verändert sich die Angst mit den Umständen?

Nachts wachte sie jetzt öfter auf, lag in dem Spalt zwischen Schlaf und Wachsein, bis ihn die Müdigkeit wieder schloss. Nach diesem Zustand wird sie sich noch zurücksehnen, hätte es ihr in diesem Moment jemand gesagt, da der Schlaf nur einen Schritt zurückgetreten ist, das Zimmer gar nicht verlassen hat, sie hätte es nicht geglaubt.

Eines Morgens beschäftigte sie ein Traum, einer ihrer Tantenträume, erkennbar an dem Haus, in dem sie sich befand, ein Haus ohne Türen, immer gleicher Traumanfang. Die Tanten redeten über sie, an diesem Punkt angekommen, war sich Ruth nicht mehr sicher, ob sie sich an einen Traum erinnerte oder die Wörter wirklich gehört hatte, nur die

Wörter erinnerte, hingegen die Satzgefüge, in die sie gehörten, vergessen hatte wie einen überflüssigen Ballast. Ruth sah in das Schlafzimmer, sah das große Ehebett der Tanten, darüber ein Bild, wie sie es in vielen Schlafzimmern gesehen hatte, ein großes Bild, in dessen Mitte ein Steg über einen Fluss gemalt war, auf dem ein Kind stand, ein junges Mädchen hielt seine Hände über das Kind, das Mädchen war ein Engel, hatten die Tanten ihr erklärt, einen Engel erkenne man an den Flügeln, dieses Mädchen hatte Flügel, jedes Kind hat einen Schutzengel. Nur ihrer war in dieser Nacht nicht bei ihr, in der sie wie in den Nächten vorher und nachher zwischen den beiden lag, jahrelang bestanden sie darauf, dass Ruth zwischen ihnen schlief, das Bett links war das Bett von Tante Vroni, das Bett rechts das von Tante Inge, die Schlafzimmerluft war stickig, auf dem Fensterbrett die zum Trocknen ausgebreiteten Kamillenblüten, das Fenster blieb geschlossen, wie das große Eingangstor immer geschlossen blieb. Von außen glich das Haus vielen in Stammersdorf, ein langgestreckter Bau, ebenerdig. Von dem Schlafzimmerfenster aus sah man in den Innenhof, dort lag der große hellbraune Hund vor seiner Hütte, hinter der Hundehütte sah man die graue Hausmauer des angrenzenden Hauses. Der Hund heulte manchmal in der Nacht, Tante Vroni behauptete, er singe den Mond an, Tante Inge nickte zustimmend, auch in dieser Nacht bin ich wohl von seinem Mondgesang aufgewacht, die Tanten bemerkten es nicht, in dieser Nacht nicht und in sonst keiner. Sie redeten über mich hinweg, redeten über die Mutter, das Kind zwischen ihnen und seine tote Mutter. Ruth hatte sich bemüht wegzuhören, wieder einzuschlafen. Sie hatte ihren Schutzengel herbeigebetet, aber der kam nicht, hatte dann das Kind auf dem Bild über dem Bett gebeten, ihr doch seinen Schutzengel zu borgen, nur bis zum Einschlafen, sie wollte diese Sätze nicht hören, diese Sätze so wenig oder noch weniger als die Sätze vor ihnen, die abwechselnd von links und rechts über ihren Kopf hinwegflogen, sie tiefer und tiefer in das Bett hineindrängten, in den Wunsch, sich auflösen zu können, verschwinden zu können – kein Gedanke, was dann, nur dieser Wunsch.

Ruth schrieb die Wörter, die ihr aus jenen Nachtsätzen der Tanten noch einfielen, auf, las sie wieder und wieder durch, sie ergaben keinen Zusammenhang. „Katholisch" war ein alltägliches Wort gewesen, wie „vermisst" und „Hunger" und „Taufe" und „Nazischweine" und „Gestapo", und nur ein Wort passte nicht zu diesen vertrauten Wörtern, fiel heraus, eine Person: *Brigitta*. Ruth konnte sich an niemanden in der Familie mit diesem Namen erinnern, glaubte, ihn nur aus der gleichnamigen Erzählung von Adalbert Stifter zu kennen. Wenn es so ist, warum kann ich dann den Namen nicht einfach durchstreichen, ihn in die Geschichte zurückschicken, das Buch auf das Nachtkästchen der Mutter legen, ihr zusehen, wie sie sich über die Bücher von Stifter beugt, eines heraussucht und zu lesen beginnt.

Das Telefon läutete, Ruth zuckte zusammen, sie stand auf, nahm den Hörer ab, Susanne fragte, ob sie ihre Verabredung vergessen habe, es sei bereits sieben Uhr, sie verhungere schon fast. „Kommst du?"

Ruth entschuldigte sich. Während sie hastig nach ihren Notizen suchte, sah sie Susanne vor sich, wie sie stundenlang ein gutes Essen vorbereitete. Nie hat Susanne mich warten lassen. Ich hingegen, ich vergesse sie sogar, wenn ich bei ihr zum Essen eingeladen bin. Obwohl ich mich doch auf sie freue, auf ihre Kochkunst, unsere gemeinsame Arbeit – warum kann ich die Freude so leicht wegschieben und Susanne, mit der ich sie leben kann?

Heute ist es, als wäre ich doppelt. Ein Teil von mir sitzt zu Hause und beobachtet die Briefe – hier geht mein Körper, er trägt mich spazieren, er kennt den Weg zu Susanne, er wird das Haus finden, die Augen werden die richtige Türklingel fixieren und der Zeigefinger wird auf die Türklingel neben Susannes Namensschild drücken, ich werde den Summton hören, werde die Tür öffnen, die drei Stiegen bis zum Lift hinaufgehen, hinter mir werde ich die Haustür zufallen hören, mit dem Lift werde ich in den vierten Stock fahren, die Tür zu Susannes Wohnung wird einen Spalt offen sein, wenn sie meine Schritte hört, wird sie mir entgegenkommen.

Die gelbe Straßenbeleuchtung nimmt den Plakaten die Farben, die Häuser stehen wie Felsblöcke herum, hinter keinem einzigen Fenster brennt Licht. Es ist nur die feuchte Kälte, die mich angespannt gehen lässt, und der Flügelschlag einer Möwe, vor dem ich erschrecke. Endlich Menschenstimmen, sie müssen weit weg sein, die Entfernung verlangsamt die Worte, zurück bleibt ein tonloser Hall, er kommt von den lichtleeren Häusern, kommt hart auf den Kieselsteinen zu liegen – das Echo nun, vielfach gebrochen, von einem Haus zum anderen irrend. Ich habe Angst, die Angst greift bereits in meine Schritte, neben einem der Häuser steht eine Frau, sie schwingt ihren Schal, es ist ein gelber Schal mit blauen Punkten, er allein farbig in dieser Dunkelheit. Ruth ging auf den Schal zu, musste auf diesen einzigen hellen Fleck zugehen, auch wenn sie im Gehen ahnte, dass die Frau sie damit ermorden wollte. Erst als sie vor der Frau stand, die ihr Gesicht hinter dem Schal verbarg, erinnerte sie sich daran, dass sie schreien sollte. Zugleich wusste sie, dass die Fenster schweigen würden. In die Angst vor dem Tod fällt das Wissen, ich darf keinen Mord an mir denken. Ich darf dieses Gesicht nicht sehen, dieses Gesicht, das sich zeigen will, das nur noch hinter dem dünnen Schal verborgen ist. Ich würde es mitnehmen in die Gesichter, die ich kenne, die ich kennenlernen werde, ich würde seinen Ausdruck in jedem Gesicht suchen, würde ihn in jedem Gesicht wiederfinden, ich will das nicht, wer scheucht die Bilder der Angst, die da schimmern im Dunkeln.

Einige Tage später fiel ihr ein, dass sie den Namen auch aus Träumen kannte, in denen sie Brigitta rief, immer wieder den Namen Brigitta rief. Nacht für Nacht das Gesicht von Walter über ihrem Gesicht, sein hilfloses Gesicht, das er tagsüber nicht mehr zeigte: „So wach doch auf, Ruth, bitte wach auf! Wer ist Brigitta?“ Sie wusste es nicht. Walter wollte ihr nicht glauben. Glaubte ich mir?

Die Dunkelheit drängte sich durch die Fensterscheiben, nur die Briefe leuchteten in ihr, endlich fand ihre Hand den Schalter der Lampe, kehrten die Farben in die Astern zurück, diese Novemberblumen; das Fest der Toten naht, an ihrem Festtag die Briefe lesen – überlegte Ruth, diese Briefe einer Toten, oder sie gleich lesen, jetzt, bevor du aufspringst und davonläufst, in Gedanken bist du bereits auf der Wiese oberhalb des Sees, heute könntest du auf dem laubbedeckten Gras leicht ausrutschen, die Wiese ist steil, das Laub ist glitschig, der Nebel krallt sich an ihm fest, das Laub, du weißt es, ist mit dem Nebel verbündet, es hält dich nicht, ein Blatt gibt dich an das andere weiter, deine Krallen sind stumpf, sie erreichen die Erde nicht.

Ruth schüttelte missbilligend den Kopf über sich, hörte sich den Satz an, der in ihr herumgeisterte: Du nimmst dich tragisch! Erschrak vor den Wiederholungen, denen sie sich hilflos ausgeliefert fühlte. Diese verhassten Wiederholungen, und doch so vertraut, und doch erträglicher als die unbekannten Landschaften hinter der Schleuse der Gewohnheiten – nicht weiterdenken, nur nicht weiterdenken. Dann doch lieber die drei Kuverts vor dich hinlegen, sie umdrehen, in das erste greifen, das zweite, das dritte – alle drei sind leer. Sie nahm sie noch einmal in die Hand, sah in jedes hinein, wieder und wieder und sah immer nur das Innere der Kuverts.

Jetzt nur nicht anfangen zu lachen, nur nicht lachen.

Als es draußen hell wurde, stand sie auf und zog die Vorhänge vor den Tag. Die Sonntagvormittagsgeräusche vermischten sich mit dem Quietschen der untersten Schreibtischlade, die sie kaum herausziehen konnte und die deshalb leer blieb bis zu diesem Vormittag – und bei dieser Beobachtung hätte sie nun doch beinahe zu lachen begonnen. Sie warf die Kuverts in die Lade, schloss sie wieder, schloss ihr Lachen damit weg und die Gebete des Pfarrers, das Hosianna der Gläubigen, die Geräusche des Klingelbeutels und das Bimbam der Glocken.

Ruth ging in der Wohnung herum, goss die Blumen, die sie sich gegen alle Vorsätze doch gekauft hatte, räumte auf, sah ihre Vorräte durch, entschied sich für eine Grießnockerlsuppe aus dem Packerl, konzentrierte sich auf die Zubereitung der Suppe, kochte sie genau nach Vorschrift, leerte die Suppe in einen Teller, trug den Teller zu ihrem Schreibtisch.

Als sie am nächsten Tag von der Schule nach Hause kam, stand der Teller mit der Suppe und den zwei Grießnockerln noch auf dem Tisch. Ruth schüttete den Tellerinhalt in den Topf zurück, wärmte sich die Suppe auf, dachte, ich muss etwas essen, ließ die Suppe nicht mehr aus den Augen, blieb neben sich sitzen, bis sie die Suppe gegessen hatte.

Die bleibenden Zweifel, ob diese Kuverts immer leer waren oder sie die Briefe irgendwann herausgenommen, sie gelesen, den Inhalt vergessen hatte.

Kein Schlaf. Wenn sie die Augen schloss, sah sie in der Ferne ein Gesicht. Sie wollte es erkennen, wollte gesehen werden, so nah konnte sie es nicht herholen, aber wegschicken konnte sie es auch nicht. Schlafersatz, dieses sich nähernde und entfernende, sich nie ganz nähernde und nie ganz entfernende Gesicht, auf das der erste Schnee fiel. In diesen Schnee hineingehen, gegen Morgen waren die Dächer weiß, auf der Straße schmolz der Schnee, Ruth hinterließ keine Spuren. Sie suchte die Fenster ab, die dunkel blieben, Wien war nicht zu finden – in dem Hinterhof ihrer Wohnung läutete um vier Uhr der erste Wecker, um fünf Uhr brannte hinter einigen Fenstern das Licht, vermischten sich die Morgengeräusche im Haus mit denen auf der Straße, und die Tauben flüchteten auf die Dächer. Hier flüchten die Menschen, dachte Ruth, sie blickte dem Mann nach, der an ihr vorbeirannte, der vor seinem eigenen Schatten erschrak, zurückwich, stolperte. Der Mantel, den er nur über die Schultern hängen hatte, fiel auf den Gehsteig, er bemerkte es nicht, drehte sich um, kam jetzt langsamer wieder auf Ruth zu, drehte sich einige Meter vor ihr um, lief bis zur gleichen Stelle, blieb abrupt stehen, starrte auf seinen Mantel hinunter, fluchte. Während sie ihn beobachtete, trat er aus der Dunkelheit heraus, wurde erkennbar.

In diesem Moment, da aus dem anonymen Mann Josef Knapp wurde, drückte sich Ruth in den Spalt zwischen zwei Häusern, deren Mauern modrig rochen und deren Verputz abbröckelte, Geruch und Verputz drängten sich in ihren Mantel. Sie hatte das Gefühl, Knapp, der eben wieder stehen blieb und fluchte, würde es ihr nie verzeihen, dass sie ihn so sah. Dann aber, nachdem er weitergezogen war, seine Schritte und Flüche in anderen Gassen verschwunden waren und sie sich traute, ihr Versteck zu verlassen, die Frage: Oder bin ich es, die hier nicht verzeiht, der ihr Bild von einem Menschen wichtiger ist als der Mensch? – Er war für mich einer, der alle Unordnung verbannte, einer, bei dem ich zu wissen glaubte, was ihm zuzutrauen sei und was nicht. Ein Gespräch genügte, ihn festzulegen, ihn für immer festzulegen, mich festzuhalten an diesem Glauben; wozu brauche ich ihn, wozu brauche ich die Menschenbilder? Der Wunsch einer Toten fiel ihr ein: „... und plötzlich stürzte die kühle, die heiße Pianomusik aus dem Lichtquadrat, und ich empfand eine starke Sehnsucht, bei diesen Leuten, Studenten vermutlich, dort oben zu sein, oder mich unlösbar einer Familie, Freunden, einer Landschaft, dem Land verbunden zu fühlen, und ich dachte, was ich je gearbeitet habe, sei dieser Sehnsucht entsprungen, dem Wunsch nach dem Aufgehoben-Sein, das ich noch nicht, das ich noch immer nicht erreicht hatte ...“ – Ruth fragte sich, ob dies vielleicht auch ihr Wunsch sei. Sie schaute sich um, schüttelte den Schnee von ihrem Kopf, ging in ihre Wohnung, hörte sich ja und nein stammeln.

Am Donnerstagnachmittag fuhr Ruth zum Bahnhof, wartete in der Reihe vor dem Fahrkartenschalter; das Wasser, das von ihren Stiefeln lief, vermischte sich mit dem Wasser von den Stiefeln der anderen Wartenden, ein Kind stapfte in das Wasser, spritzte die Wartenden an, die Frau, die es an der Hand hielt, beugte sich zu dem Kind hinunter, es riss sich los, rutschte, taumelte, fiel, sein Mantel saugte das Wasser auf, die Frau ging zu dem Kind, es lief davon, blieb plötzlich stehen, sah an sich hinunter, lachte, während es die Wassertropfen beobachtete, die von seinem Mantel wieder auf den Boden fielen.

Ruth wusste noch nicht, wohin sie fahren sollte, schwankte zwischen Linz und Salzburg, in beiden Städten kannte sie einen Arzt. Auf die Frage des Schalterbeamten, wohin denn die Reise gehen solle, hörte sie sich antworten: „Nach Salzburg.“ In diesem Moment konnte sie wieder über sich lächeln, nicht jetzt, nicht in dieser Reihe wartend hatte sie sich entschieden, andere hatten diese Entscheidung vorbereitet, mit dem wiederkehrenden Satz, dass das Salzkammergut seit Jahrhunderten mehr mit Salzburg zu tun habe als mit Linz, der Landeshauptstadt.

In Attnang-Puchheim musste sie umsteigen. Der Personenzug von Gmunden nach Attnang war überfüllt gewesen, der Schnellzug nach Salzburg war fast leer. Ruth suchte sich ein freies Abteil, setzte sich zum Fenster, sah auf die verschneiten Felder, die Augen brannten, sie lehnte sich zurück, schloss die Augen, jede Bewegung hinter den geschlossenen Lidern verursachte ein kratzendes Geräusch, dieses Geräusch wurde ihr unheimlich, dagegen sind ja die Schmerzen bei geöffneten Augen noch angenehm. Ihr gegenüber saß nun ein Mann, dessen Kommen sie nicht bemerkt hatte. Er erinnerte sie in seiner zusammengesunkenen Haltung an Oppoltzer, einen Vertreter der Firma Hochmann. Ruth sah sich den Mann an, ja, er trug den gleichen Hut wie ihn Oppoltzer getragen hatte, einen Hut mit einer breiten Krempe, die das Gesicht beschattete, es den Blicken entzog. Auch der Mantel dieses Mannes ähnelte dem, den Oppoltzer getragen hatte: schwarz, mit einem breiten Kragen und großen Knöpfen.

Und wie Oppoltzer nach seinem dritten Winter in der Firma seinen Mantel nicht mehr ausgezogen hatte, ihn immer getragen hatte, wenn Ruth ihm begegnet war, zu allen Jahreszeiten, an allen Orten, so behielt auch dieser Mann trotz der Hitze in dem Abteil seinen Mantel an und seinen Hut auf.

Oppoltzer hatte sich in den ersten drei Jahren nicht von den anderen Vertretern unterschieden, war wie die anderen einmal freundlich, einmal unfreundlich, je nach seinen Verkaufszahlen und Abrechnungen – mehr wusste man ja nicht voneinander, und auch die Zahlen wusste man nicht wirklich, man erahnte sie mehr an der Haltung, wie einer durch die Firma ging, wie man angesprochen wurde, wie einer von dem Filialleiter behandelt wurde, wie er diese Behandlung weitergab. Die Unterscheidung begann mit dem

Mantel. (Die Hitze in dem Abteil ist ja nicht auszuhalten.) Bei Oppoltzer hatte das Vergessen so angefangen; später vergaß er, warum er jeden Morgen pünktlich um sieben Uhr aus dem Haus ging, mit dem Auto wegfuhr, täglich hundertsiebzig bis zweihundertfünfzig Kilometer fuhr, verschiedene Straßen fuhr, die Umgebung abfuhr, zu den Autowerkstätten und Tankstellen fuhr, die er zu betreuen hatte; jeden Tag war er von sieben Uhr morgens bis drei, vier Uhr nachmittags unterwegs, wie der Privatdetektiv dem Filialleiter berichtete, aber vor keiner Werkstatt, Tankstelle (außer einer, bei der er tankte) stieg er aus, er parkte nur davor, stellte den Motor ab, wartete, manchmal wartete er fünf Minuten, manchmal zwanzig, fast nie wartete er eine andere Zeit lang, wartete in dem Auto sitzend und vor sich hinstarrend, startete, ohne jemals auf die Uhr zu sehen, fuhr zur nächsten Werkstatt, fuhr zur nächsten Tankstelle.

Eva hätte wohl gesagt: „Einer hält das Unbegreifliche nicht aus, in den Tagen zu sein“, und ich halte es nicht mehr aus, in den Nächten zu sein, und bei Borchert heißt der Satz ...? – Nach seinem Satz suchen, ihn zu Evas Satz, zu meinem Satz hinzufügen wollen, zum Anfang dieses Satzes kommen, die veränderten Sätze, am Anfang war das Staunen: „Wir halten das Unbegreifliche aus: In den Nächten zu sein ...“

Als Ruth wieder aufsah, war der Mann gegenüber fort – sie hatte sein Weggehen ebenso wenig bemerkt wie sein Kommen.

Der Arzt hatte wenig Zeit, fragte nicht viel, schon gar nicht nach den Ursachen von Ruths Schlaflosigkeit. Er schenkte ihr die Schlaftabletten und, da Ruth darauf bestand, für den Notfall noch Aufputschmittel, obwohl er meinte, sie müsse ohne sie auskommen. Die Angst, nicht zu funktionieren, morgens nicht aufstehen zu können oder nicht wach genug zu werden für einen guten Unterricht, mir zusehen müssen, wie ich versage, ohne es ändern zu können, zu Hause bleiben müssen angesichts meines Versagens, mit meinen Stimmen, dem Schweigen meiner Stimmen, dem Warten auf sie, mit der Angst vor ihnen allein sein müssen, Tag und Nacht – nein! „Wir muten uns so leichtfertig anderen zu und halten uns doch selber kaum aus." Bei Eva habe ich es miterlebt – (miterlebt?, nennst du das miterlebt?, du bist davongelaufen vor ihr, du hast dich weggedreht von ihr, hast lieber die weiße Wand neben deinem Bett angestarrt, als in ihr Gesicht gesehen, in dieses mager gewordene Gesicht, neben dir mager gewordene Gesicht, als in diese mehr und mehr nach innen blickenden Augen zu sehen, vor dir haben sie sich von der Welt zurückgezogen, als auf diese Haut, die ständig schweißnass war, zu sehen. Nein, du hast kein Recht zu denken, du hättest es miterlebt) –, wie es ist, nichts Neues mehr wahrnehmen zu können, sich nicht leben zu können, nur noch einen anderen, ihn wiederholen zu müssen, bis es nur noch den anderen gibt, nur noch ihn. Da tauchte hinter Evas Gesicht das der Mutter auf, und für Sekunden hatte Ruth das Gefühl, an dieser Wiederholung zu ersticken, das hilflose Kind, die hilflose Mutter, die hilflose Ruth, die nicht länger hilflos sein wollte, die hilflose Eva, die ihre Hilflosigkeit nicht mehr aushielt, wie sie die Mutter nicht mehr ausgehalten hatte – nur ihr Sterben war verschieden, der Entschluss dazu aber war gleich –, all diese hilflosen Menschen. Etwas wollte sie in diesem Augenblick unter sich begraben, sie begriff nicht, was es war, klammerte sich an die Stimme, die laut in ihr rief: Aufhören! Ich bestehe auf meinem Funktionieren, es ist das einzige, was ich wirklich gelernt habe, mich rettet, und ich will gerettet sein. Die Schwelle der Schule ist wie ein Stromunterbrecher, der eine Gehirnteil wird ausgeschaltet, der andere tritt in Aktion, jeder Unternehmer hätte seine Freude an mir, an jemandem, der so angewiesen ist auf seine Arbeit, keine andere Überlebensmöglichkeit gelernt hat. Die Stimme des Arztes: „Bitte Vorsicht! Diese Tabletten machen süchtig!“ Ja, ich bin süchtig, süchtig nach Schlaf, nach Arbeit, nach Leben, diese Sucht wird doch stärker sein als die chemische, ich werde stärker sein, wenn ich endlich wieder schlafen kann, sich meine Nerven beruhigt haben, die Frage nach den Briefen eine alltägliche Frage werden kann.

Das unerkannte Gesicht ließ sich durch den Schlaf nicht vertreiben. Es beherrschte nun die Träume, wie es zuvor die durchwachten Nächte beherrscht hatte.

Ein reißender Film, bekanntes Geräusch, das die Hautporen wölbte, schwarzgezacktes Flimmern, dahinter die Bilder, verschwommen, viel zu schnell, endlich wurde der Film langsamer, wurden die Bilder wahrnehmbar: Ruth stand einige Schritte vor einem barocken Brunnenbecken an einer alten Hausmauer. Aus einem aufgerissenen Löwenmaul floss Wasser in das Becken, das Geräusch beruhigte sie. Sie wollte näher zu dem Becken gehen, konnte sich aber kaum bewegen, brauchte nach jedem Schritt eine Pause, so sehr strengte er sie an. Es war, als würden die Dinge auf sie warten, als würden sie ihre Bemühungen, zu dem Wasserbecken zu kommen, beobachten. Ihre Ruhe war es, die Ruth half, und sie brauchte viel Hilfe. Im Traum wird sie dir gegeben, im Traum darfst du sie annehmen, dachte sie. Endlich hatte sie es geschafft. Sie sah in das Wasser, sah keine Begrenzungen, wurde immer verwirrter. Das Becken musste doch innen seine Form bewahren. Statt Begrenzungen sah sie das Gesicht, es schwebte sehr tief unten, kam etwas höher, sie hielt den Atem an, endlich würde sie es erkennen können, aber bevor es nah genug war, sank es wieder tiefer. Ruth wollte in das Becken steigen, wollte zu dem Gesicht hinabtauchen, aber in dem Becken hatte kaum ihre Hand Platz. Sie versuchte, die Hand in das Becken zu zwängen, aber je mehr sie sich bemühte, desto kleiner wurde es. Schließlich verschwand es ganz. Kaum zog sie die Hand zurück, war es wieder da. Plötzlich wurde es dunkel. Es war, als hätte die Dunkelheit mit einem Atemzug alle Dinge verschluckt und würde nun nach ihr greifen. Ruth lief weg. Als sie wieder sehen konnte, lag vor ihr ein kreisförmiger See.

Weit draußen sah sie einen Felsen, in den das Brunnenbecken gemeißelt war. Das Löwenmaul war verschwunden. Die Dinge bildeten eine Brücke zwischen ihr und der Felseninsel.

Sie ging auf die Brücke zu, ging dem Ruf nach, der von weither kam: Komm über den See.

Warum antwortet Martha nicht auf meine Briefe? Ruth wurde das Gefühl nicht los, dass etwas nicht stimmte. Nachdem sie Martha über einen längeren Zeitraum auch telefonisch nicht erreichen konnte, rief sie Franz an. Seine Stimme klang gehetzt. Ob er ihr nicht geschrieben habe? Er wisse genau, dass er ihr geschrieben habe. Alles habe wieder von vorne angefangen, die weißen Zettel, ihr Schweigen. Das einzige, was er für Martha tun konnte, habe er getan, er habe sie dieses Mal in eine Privatklinik gebracht, was hätte er denn sonst tun sollen, sie habe nun auch ständig mit Selbstmord gedroht. „Du kannst doch nicht wollen, dass sie sich umbringt, *das* kannst du nicht wollen!“

Diese nunmehr fast flehende Stimme, welche Gnade erbittet er denn von mir, Franz, was ist mit dir?

Das schlimme sei, er könne die Klinik nicht mehr bezahlen, wie er seine Miete nicht mehr bezahlen könne, er habe sein Erbe aufgebraucht, meinte er, jetzt wieder in einem sachlichen Ton, es werde ihm nichts anderes übrig bleiben, als mit seinem Wissen von Zeitung zu Zeitung zu gehen, er sei auf dem besten Weg, ein Hausierer zu werden, genau das, wovor er am meisten Angst gehabt habe, vielleicht auch nur, weil es ihm bislang erspart geblieben sei, stehe ihm nun bevor.

Ruth fragte ihn, ob sie nach Wien kommen solle?

Er lachte, das sei vollkommen sinnlos, sie könnte sich nur mit ihm betrinken, nein, verbesserte er sich, es sei alles nicht so schlimm, schließlich halten das neunzig Prozent der Menschheit aus, ihre Arbeitskraft zu verkaufen, wie es der gute alte Marx so höflich formuliert habe, also werde er das auch können, alles andere seien die Worte eines Betrunkenen gewesen, die sie am besten gleich wieder vergesse.

Ruth fragte nach der Adresse der Privatklinik, Franz gab sie ihr, vielleicht habe sie mehr Glück, er bekomme keine Auskunft, seitdem er die Überweisungen einstellen musste.

Diese Information beunruhigte Ruth. Sie rief in der Klinik an, fragte, ob sie Martha Bachdonsky sprechen könne.

Keine Antwort.

Sie wiederholte ihre Bitte.

Endlich doch eine Stimme, aber die wollte nur wissen, wer sie sei. Ruth überlegte kurz, nannte sich schließlich eine Freundin von Martha. Noch nie habe ich mich so genannt!

Dieses Mal war es ein Fehler. Eine Freundin hat kein Recht auf eine Auskunft.

Am nächsten Tag versuchte sie es wieder, nunmehr als Cousine. Sie wurde mit dem Chefarzt verbunden. Der Arzt erklärte ihr, dass alles für Martha getan werde. Da sie jedoch einen Selbstmordversuch unternommen habe, sei er gezwungen gewesen, sie in die geschlossene Abteilung zu überstellen. Niemand, auch nicht die beste Klinik, könne einen Patienten rund um die Uhr persönlich betreuen.

Stattdessen die Entmündigung, dachte Ruth. Stattdessen Medikamente. Stattdessen?

Die ärztliche Verantwortung verbiete es ihm, ihr eine Besuchsgenehmigung zu erteilen. Er könne seine Patientin nicht dieser Situation aussetzen.

Ein Telefonat mit einem Anwalt bestätigte seine Aussage. Sie versuchte es über den Behördenweg. Zuletzt war keine

Behörde von all den Behörden zuständig. Martha war „verschwunden". Ruth wurde immer wütender, zugleich bekam sie Angst. So leicht ist es, verloren zu gehen.

Sie bat Susanne, mit ihr in die Klinik zu fahren, Susanne stimmte sofort zu. Sie sprach aus, was sich Ruth verboten hatte zu denken. „Sie werden Martha doch nicht für Versuchszwecke behalten. Aus reiner Menschlichkeit ist sie jedenfalls sicher nicht so lange dort, wenn niemand mehr für sie bezahlt." So verzagt hatte sie Susanne noch nie erlebt.

Ein Schloss, sie kamen nicht einmal in den Park, das Gittertor blieb ihnen versperrt. Abends über die Mauer, das war Susannes Idee, unverrichteter Dinge wollte sie nicht umkehren. „Und mehr als rauswerfen können sie uns nicht." Ruth ermahnte sich, hier zu bleiben, die Bilder zu verscheuchen, die in ihrem Kopf auftauchten. All diese Schlösser, Österreich ist übersät mit Schlössern, zu viele hatten als Vernichtungsstätten gedient. Nichts rührte sich, als sie durch den Park schlichen. Sie sahen in jedes Zimmer. Ruth spürte, wie Susanne nach ihrer Hand griff. Ausnahmsweise zog sie ihre nicht sofort zurück. Schließlich erkannte sie Martha. Den Kloß im Hals hinunterschlucken, vorerst nur mit den Fingern deuten können. Eine Gestalt in einem langen weißen Nachthemd, allein in dem Zimmer, in dem sich kein einziges Möbelstück befand, nur diese auf und ab gehende Gestalt. Endlich kam sie, öffnete das Fenster, nur noch die Gitter zwischen uns, irgendwo wird sie hinauskönnen. Ruth begrüßte Martha, stellte ihr Susanne vor, meinte leichthin, sie seien gekommen, um sie nach Hause zu bringen. Martha lächelte.

Ruth nahm ihre Hand aus Susannes Hand, streckte sie zwischen den Gitterstäben hindurch, gleich werden sich diese Stäbe um meine Hand schließen und sie abtrennen, diese schuldig gewordene Hand, diese Hand, unfähig zu einer freundlichen Geste zur rechten Zeit. Martha ergriff die ihr entgegengehaltene Hand nicht, stand nur da mit diesem verklärten Gesicht. Dieses neue Gesicht, wo hatte es sich verborgen gehalten? Ruth sah kurz zu Susanne – sie ist genauso erschrocken wie ich. In diesem Augenblick ahnte sie, dass sie Martha vorerst nicht allein lassen konnte; sie unterdrückte die aufsteigenden Bedenken, irgendwie würde sich alles regeln, jetzt musste sie erst einmal weg von hier. Da verwandelte sich Marthas Gesicht, sie begann zu weinen, nur noch Tränen, nein, sie könne nicht mitgehen, sie habe hier eine todkranke Freundin, die dürfe sie nicht im Stich lassen, sie hätten sich geschworen, mitsammen zu sterben, so einen Schwur breche man nicht.

Plötzlich stand Eva neben Martha und nickte zustimmend.

Ruth dachte, aber ich habe dir nie versprochen, mit dir zu sterben, nie, niemals, da sah sie, Eva hatte nicht ihr zugenickt, sondern ihrer Mutter, drei weißgekleidete Frauen, diese todessüchtigen Frauen, Ruth hasste sie, von diesem Hass hatte sie nichts geahnt, am liebsten hätte sie auf die Frauen eingeschlagen, um sie zur Besinnung zu bringen, sie wegzuschlagen von ihrer Todessucht. Aber Martha lebt doch. Ruth wischte sich den kalten Angstschweiß ab, wischte die Bilder der Toten damit weg, nicht die Frage, was sie so zerstört hatte, dass das Leben für sie unerträglich wurde. Sie redete Martha zu, wenigstens für einige Tage mitzukommen, die Freundin werde noch nicht sterben, aber Martha erkannte sie nicht mehr, hatte sich abgewandt von ihnen. Susanne zog Ruth mit sich fort. „Das ist sinnlos, du siehst doch, wie es ihr geht." Ruth dachte, nur wer aufgegeben wird, gibt sich selbst auf, ich hätte sie früher umarmen müssen, ich will nicht, dass es zu spät ist, es darf nicht zu spät sein, einmal muss dieses Wort ungültig werden, der Krieg ist doch vorbei – war es möglich, dass wir den Frieden versäumt haben, nein, versicherte sie sich, das ist nicht möglich. Ich werde Martha nicht aufgeben, ich werde ihr wenigstens schreiben, wenn ich sie schon nicht besuchen darf. Sie verbot sich, auf eine Antwort zu warten, hielt an ihrem Glauben fest, dass einer dieser Briefe vielleicht wichtig sein könnte – für Martha.

Es gab auch die anderen Momente, in denen sie das Gefühl hatte, ihr Kopf würde gleich zerspringen. Immer wieder die Versuchung, ihn gegen die Wand zu schlagen, um aus dem inneren Schmerz einen äußeren zu machen. Sie streckte die Hand nach Martha aus, aber sie erreichte Martha nicht mehr, es blieb nur, ihr zuzusehen, wie sie im Moor versank oder mit ihr zu versinken. Da war kein Boden unter den Füßen, welch ein Zufall hat mich gerettet und sie nicht – und wenn es nur ein Zufall ist, dann kann ein anderer Zufall ihn aufheben, ist ihr Sein vielleicht meine Zukunft, ich kenne das Seil nicht, auf dem ich gehe, wo ist die Stelle, an der es reißen wird, und wie tief werde ich fallen?

Sie dachte an Susanne, die sicher auf der Erde ging, die den Satz der Toten, „Dass ich mir nicht das Leben nahm, / das hat mich selbst entsetzt", ohne zu schaudern lesen konnte, die nur sinnvolle Zweifel kannte, nicht diese abgründigen, die alles infrage stellten, auch die eigene Lebensberechtigung, Zweifel, die in einer vorsprachlichen Zeit entstanden sein mussten, die kein Wort fassbar machen konnte, nur dieser Schmerz, der den Kopf zerreißen wollte.

SIE
Wie viele Stimmen gebiert eine Nacht?

Diese eine fragt: Ist Heimat wirklich ein Ort für alle, für die Mörder wie für ihre Opfer?

Bei dem Wort Opfer hebt SIE den Kopf, und zum ersten Mal klingt ihre Stimme laut. Opfer! Nennt uns nicht Opfer! Ich kann dieses Wort nicht hören, es gehört mit zu den Vereinbarungen, die über uns getroffen wurden. Wir und Opfer? Habt ihr denn die Stimme nicht vernommen, die da spricht: Auf das Opfer darf keiner sich berufen. Wir und Opfer? Wir waren es doch, die versuchten zu überleben, als Menschen zu überleben. Ich sage nicht, dass es uns ohne bleibende Verstümmelung gelang, aber woher wüsstet ihr von den großen Träumen der Menschen, von Träumen mit der Kraft, über euch hinauszureichen, die die Erde umschließen in einer weichen Umarmung – wenn sie nicht wachgehalten und weitergegeben worden wären von uns ...

Es war inzwischen Dezember, und nur der Schnee ist in den vergangenen Wochen manchmal verschwunden und wiedergekommen, zuletzt gestern. Der gestrige Schnee, sagten die Menschen, wird bleiben. Die Mütter haben die Holzrodeln von den Dachböden geholt, sie gesäubert und die Kufen entrostet.

Unter der Woche sah Ruth nur Kinder auf der Rodelbahn, am Wochenende sah sie auch Väter auf dem Hügel, die Stimmung ist dann anders – nur keine Phrasen, dachte Ruth, während sie auf dem Weg zu Susanne, an diesem Dezembernachmittag, einem Sonntag, vor der Rodelbahn stehen blieb. Wie ist die Stimmung unter der Woche, und wie ist sie am Wochenende? Unter der Woche war das Bild bunt, ragten keine dunkelbraunen, dunkelblauen, dunkelgrünen Gestalten aus dem Gewimmel, aber das ist nur das Bild, das ist noch keine Stimmung, du musst genauer hinsehen, hinhören, sonst rutscht du auf deinen Plattitüden aus, wie der Mann dort am Fuß des Hügels auf einer Eisplatte ausrutscht, hinfällt, aufsteht, nach seinem Hut sucht, seinem Sohn schreit, er solle sofort kommen, er habe genug, wie oft er ihm denn noch schreien solle, ob er taub sei.

Ruth zwang sich, die Männer anzusehen, zu warten, bis sie anderes beobachten konnte, hilfreiche Gesten, fröhliche. Endlich hörte sie ein Lachen hinter sich, sie drehte sich um, ein Mann kam mit einem Buben an der Hand über den Feldweg zum Hügel, lachend kamen sie von weither, das Kind bemühte sich, mit dem Vater Schritt zu halten. Diese tollpatschig wirkenden Bewegungen kennst du doch, genau so bist du neben deinem Vater gegangen, wärst am liebsten vor ihm gegangen, um ihm deine Freude zeigen zu können, die erste Schlittenfahrt deines Lebens, und er würde sie mit dir machen. Ihr seid nebeneinander auf den Hügel hinaufgegangen, seine große Hand und deine kleine Hand zogen den Schlitten nach, oben hat er sich ganz hinten auf den

Schlitten gesetzt, wie sich jetzt der Vater da oben auf den Schlitten setzt; du hast damals nicht gezögert, dich vor deinen Vater zu setzen, hattest nicht solche Angst wie dieses Kind, das die Hände des Vaters nicht mehr loslässt. Der Vater nahm jetzt die Hände des Sohnes und legte sie auf die Rundung des Holzes. Nun stieß er sich mit seinen Füßen von der Hügelkante ab, sie fuhren den Hang herunter, einige Meter von Ruth entfernt fielen sie in den Schnee, halfen sich beim Aufstehen, klopften sich gegenseitig den Schnee von den Kleidern. Ihr hatte niemand beim Aufstehen geholfen, ihr hatte niemand den Schnee vom Mantel gewischt, sie war allein gestürzt – ihr Vater war im letzten Moment abgesprungen, hatte mit seinen Händen der Rodel noch einen festen Stoß gegeben – statt seines Körpers, an den sie sich geschmiegt hatte, nur noch Luft im Rücken. Sie war, die Rodel hinter sich herziehend, allein nach Hause gegangen, hatte die Rufe des Vaters nicht beachtet.

Ruth ging. Sie ging an den Kindern, den Männern vorbei zu Susanne, die an diesem Dezembernachmittag sagen wird: „Wir könnten doch Anna Zach in die Schule einladen. Von einer Widerstandskämpferin können die Schüler in einer Stunde mehr lernen als von uns in einem Jahr."

Kein Wort zu Susanne über die Ansichtskarten, die leeren Briefumschläge. Ich tu, was mir am leichtesten fällt, ich schweige, und so sehr ich dieses Schweigen manchmal als Makel empfinde, ich lebe damit.

Kein Wort zu Susanne über die nicht endenden Fragen: Was hat die Mutter über Anna Zach erzählt? Waren die beiden Freundinnen? Hatte die Mutter etwas mit dem Widerstand zu tun? In Wien oder hier? Wurde sie deshalb verhaftet? War es das, was sie sich „erlaubt" hatte? Aber warum hat nicht einmal Tante Inge etwas davon erwähnt? Sie wäre doch sicher stolz gewesen auf ihre „mutige" Schwester, sie, die immer wieder überlegt hatte, ob es richtig gewesen sei, die Rolle der Ohnmächtigen zu spielen.

Kein Wort zu Susanne, dass sie bereits öfter zu Anna Zachs Haus gegangen ist, einige Häuser entfernt stehen blieb, das Haus beobachtete, feststellte, dass Anna Zach das Haus kaum verließ, niemand das Haus betrat. Manchmal sah sie Anna Zach im Garten den Schnee von den Wegen wegschaufeln, von dem Weg von der Haustür bis zur Gartentür, manchmal von dem Weg von der Haustür bis zur Mistgrube, Wege, die niemand ging, außer Anna Zach; sah, dass sie einen kleinen Buckel hat, ihr Haar weiß ist, ihre Bewegungen langsam sind, von vielen Pausen unterbrochen.

Während sie das letzte Mal Anna Zachs Haus beobachtete, nahm sie sich vor, erst wiederzukommen, wenn sie in das Haus hineingehen konnte, erst dann wiederzukommen.

Sie ging über ein Schneefeld zur Straße nach Gmunden, die Sonne blendete an diesem Tag, sie blieb stehen, öffnete ihre Handtasche, kramte nach ihrer Sonnenbrille, fand sie endlich. Nach der Kuppe, von der sie Anna Zachs Haus zum letzten Mal sehen konnte, bückte sie sich und griff versuchsweise nach der glitzernden Klarheit. Auf ihrer Hand schmolzen die Schneekristalle zu Wasser, die Tropfen schüttelte sie in den Schnee zurück. Dort bildeten sie kleine graue Vertiefungen.

Den Satz, den Susanne einmal zu ihr gesagt hatte, diesen Satz konnte sie nicht so leicht abschütteln: „Ich werde das Gefühl nicht los, Ruth, dass ich für dich weinen sollte."

Die Unsicherheit blieb, auch wenn Ruth sie nicht wahrhaben wollte. Manchmal fiel ihr etwas aus der Hand, sie bemerkte es nicht. Manchmal schlief sie über ihrer Arbeit ein, erwachte ohne Zeitgefühl. Manchmal starrte sie lange vor sich hin und wusste nichts davon.

Die Unsicherheit zu Anna Zach mitnehmen. Die wenigen Steinstufen zu der Holztür hinaufgehen, über diese schneebedeckten Steinstufen, auf den Schnee hatte Anna Zach Asche gestreut, sie war noch ohne Spuren. Die Stufen wieder hinuntergehen, dann doch wieder umkehren, nun in die eigenen Spuren steigen, wieder vor der Holztür stehen bleiben, die Hände nicht aus den Manteltaschen nehmen, auch nicht den Kopf an die Tür lehnen, nur so stehen bleiben, dem Atem nachsehen, bis er sich mit der übrigen Luft vermischte, die Kälte abwarten, die von den Füßen den Körper hochkroch, sich Millimeter für Millimeter um Ruths Haut legte, ruhig stehen bleiben, bis sie den Körper steif gemacht hatte.

Andere Menschen zittern, wenn ihnen kalt ist, beobachtete Reaktion, wirklich nicht mehr? Bei einer Fronleichnamsprozession im Regen stehen, das neue Kleid durch keinen Mantel verdecken dürfen, hören, wie die Mitschülerin mit den Zähnen klappert, während sich die eigenen Zähne ineinander verbeißen, die Frage hören: „Ist dir nicht kalt?“ – „Doch“, antworten wollen, aber der Unterkiefer ist unbeweglich. Ganz leicht mit dem Kopf nicken, nicht wissen, ob die kleine Geste neben all den großen Gesten, die vor ihnen ablaufen, gesehen wird, den Kopf zur Mitschülerin drehen, dieses bewegliche Gesicht ansehen, die Hände ansehen, die sich aneinander reiben, sich wärmen können, den Mund ansehen, der sich öffnen und schließen kann, die Lippen, über die eine Zunge fährt, die sich verschieben und Zähne freigeben, ein Unterkiefer, der sich hin- und herbewegt, Zähnegeklapper, zwischen dem die Worte hörbar werden: „Warum zitterst du dann nicht?“ – Statt Ruth antwortete ihre Tante Vroni: „Meine Nichte weiß sich zu benehmen.“ Wenn es doch nur eine Frage des Benehmens gewesen wäre, vielleicht war es das einmal, lange vorher, aber an diesem regnerischen Fronleichnamstag, meinem ersten Fronleichnamstag, war es das sicher nicht mehr.

Ruth zog ihre rechte Hand aus der Manteltasche, führte sie zum Klingelknopf, legte sie darauf, nicht einen einzelnen Finger, die Finger ließen sich nicht auseinanderspreizen, drückte sie gegen ihn, hörte es läuten, nahm die Hand weg – für einen Moment glaubte sie, die Klingel sei in der Kälte erstarrt, würde weiterläuten. Sie hörte Schritte im Haus zur Tür kommen, eine Innentür aufgehen, hörte, wie der Schlüssel umgedreht, die Holztür geöffnet wurde, stand Anna Zach gegenüber, sah in hellblaue, zusammengekniffene Augen, sah Tränensäcke unter diesen Augen, schütteres, zurückgekämmtes weißes Haar. Ich habe mich doch auf diesen Augenblick vorbereitet, habe ihn mir immer wieder vorgestellt, was ist jetzt anders als in meiner Phantasie, warum kann ich nichts sagen, ich muss etwas sagen, gleich! Ihre Augen sind anders, mit diesem prüfenden Blick habe ich nicht gerechnet und nicht mit der Hoffnung in ihm, die vielleicht nur meine Hoffnung ist.

Während sie versuchte, ihre Lippen zu bewegen, hörte sie zum ersten Mal Anna Zachs Stimme: „Diese Ähnlichkeit, das ist doch nicht möglich!"

Ich werde jetzt reden, ich werde alle unmöglichen Möglichkeiten wegreden, mit den Sätzen, die ich mir vorgenommen habe, die nur die Gegenwart betreffen. – Nur?

„Grüß Gott, mein Name ist Ruth Berger, ich bin ..."

Die andere Stimme griff ein, griff mitten hinein in diesen gewohnten, vertrauten, üblichen Satz und fragte – nun, Ruth, was glaubst du denn, wer du dieser Frau gegenüber bist. Ruth sah schnell zu Anna Zach, die nichts bemerkt zu haben schien und doch etwas bemerkt haben musste, sie bittet mich hinein, aber ihre Stimme hat sich verändert, täusche ich mich oder klingt sie jetzt enttäuscht.

Ich muss noch einmal von vorne anfangen, ich muss den Satz zu Ende sprechen, sonst kann ich die anderen Sätze nicht sagen, ich erinnere mich jetzt daran, wann ich diesen

Satz zuletzt gesagt habe, ich habe ihn noch immer beenden können, all diese „Ich-bin-Sätze“ habe ich doch beendet. Ich bin Ihre neue Kollegin, das konnte ich noch vor einigen Monaten aussprechen. Ich bin Ihre neue Lehrerin ... oder ... ich bin Dolmetscherin ... irgendwie beende ich jetzt meinen Satz. Der Traum heute Nacht, in ihm kam dieser Satz doch vor.

Endlich gelang es Ruth, auch Anna Zach gegenüber das Wort Lehrerin auszusprechen. Sie dabei anzusehen, gelang ihr nicht.

„An der Schule, an der Anna ist?“

„Ja. Störe ich Sie, Frau Zach?“

„Warum fragen Sie das? Sie haben sich doch längst umgesehen.“

Nein, ich habe nur weggesehen, erst jetzt nehme ich diese Wohnküche wahr, die alte Eckbank, den großen Tisch, das Fenster neben der Eckbank, durch das man in den Garten sieht, die weißen durchsichtigen Vorhänge davor, das Sofa in der anderen Ecke, seine vergilbten Farben, die sorgfältig zusammengelegte Decke darauf, der kleine Polster, die Küchenkasteln, der saubere Herd, die Sauberkeit in dieser Küche, die Ordnung in dieser Küche, in der jedes Ding seinen Platz hat, in der nichts herumsteht, vor allem kein Andenkenkram, keine vertrockneten Blumen wie bei den Tanten, nichts hat sich hier angesammelt, außer ein paar kleinen Fotos an der Wand, liebevoll angeordnet. Sogar die wenigen Holzscheiter vor dem Zusatzherd liegen ordentlich aufgereiht da, die Briketts ebenso, jedes in Zeitungspapier gewickelt, der Fernseher in der Ecke oberhalb der Sitzbank, er wirkt bedrohlich, als würde er jeden Moment herunterfallen. Bei den Tanten hing in diesem Eck ein Kreuz mit dem an das Kreuz Geschlagenen, für alle an ihrem Kreuz Tragenden, auch damals hatte ich oft das Gefühl, es würde herabfallen und mich erschlagen.

Anna Zach erkundigte sich, ob Ruth wegen ihrer Enkeltochter komme, Ruth antwortete, ohne zu überlegen, „ja, auch“.

Die Angst in den Augen, die für einen Moment groß wurden, dann fielen die Lider wieder herab, verdeckten sie wieder fast.

Ruth entschuldigte sich, sie wollte Anna Zach nicht erschrecken, ging weiter auf dem Weg der halben Wahrheit, erzählte Anna Zach, während diese für sie beide Tee kochte, von ihrer Enkeltochter, hörte sie aufatmen, als sie erwähnte, dass ihre Enkelin eine gute Schülerin sei.

Anna Zach brachte den Tee, wärmte sich ihre Hände an der Tasse, bedauerte, Ruth keinen Kuchen anbieten zu können, früher, sagte sie, habe sie einmal in der Woche gebacken, zuerst für den Sohn und den Mann, dann für Anna, die eine leidenschaftliche Kuchenesserin sei. Ich mag ja nichts Süßes. Und sonst, meinte sie, sonst sei niemand mehr da, für den sie backen könnte. Niemand. Das hätte sie früher nicht geglaubt, dass von allem nur die Einsamkeit bleibe, nur die Einsamkeit.

„Warum sehen Sie Anna nicht mehr? Entschuldigen Sie die Frage, aber ich habe das Gefühl, dass auch Anna Sie gerne sehen würde.“

Anna Zach schüttelte kurz den Kopf, Ruth befürchtete, sie mit dieser Frage gekränkt zu haben, sie suchte krampfhaft nach einem anderen Gesprächsstoff, es fiel ihr nichts ein. Da bemerkte sie, dass Anna Zach lächelte. „Sie brauchen sich doch nicht dauernd zu entschuldigen. Es ist die banalste Geschichte der Welt. Ihre Eltern ließen sich scheiden, mein Sohn ging nach Hamburg, Anna lebt bei ihrer Mutter, die mich hasst. Hasst? – Vielleicht hasst sie mich gar nicht mehr. Sie hat Anna verboten, mich zu besuchen. Am Anfang trafen wir uns noch manchmal heimlich, aber das war zu schwierig für das Kind.“

Sie schwieg, führte ihre Tasse mit beiden Händen zum Mund, trank vorsichtig einen Schluck, behielt die Tasse nun in den Händen, wirkte abwesend. Ruth rührte ihren Tee um, wollte ihn abkühlen, wollte die Stille nicht hören, in der sich ihr Erschrecken ausbreiten konnte – erst jetzt, da sie zufällig einen Blick auf die Fotos an der Wand warf, fiel ihr auf, dass sie, solange sie Anna Zach nicht gesehen hatte, ein bestimmtes Anna-Bild gehabt hatte, das, seltsam genug, der Frau auf diesen Fotos ähnelte: die gleichen dunklen, kurz geschnittenen Haare, der gleiche sinnliche Mund und sehnsuchtsvolle Gesichtsausdruck. Ich habe mich nie gefragt, wie ich zu diesem Anna-Bild gekommen bin! Die Bilder begannen zu leben, verschwommene Bilder, Bilder von dieser Küche in einer anderen Zeit, Bilder von Anna Zach, einer jungen Anna. – Trugbilder, sagte sich Ruth, aber die Erklärung konnte die Bilder nicht bannen, erst Anna Zachs Frage, warum sie denn gekommen sei, verscheuchte sie.

Du kannst zurückkehren auf den sicheren Boden der Tatsachen und sie in die Schule einladen.

Anna Zach stellte die Tasse auf den Tisch, drehte ihren Kopf langsam zu Ruth, fragte, als wolle sie sich vergewissern, ob sie richtig gehört habe: „Ich? Ich soll erzählen?“

Ruth nickte. Konnte nur nicken, konnte die Einladung nicht wiederholen, ihr Hals war wie zugeschnürt.

Anna Zachs Frage, was das mit ihrer Enkeltochter zu tun habe, löste dieses Gefühl wieder auf, Ruth konnte wieder reden, redete von der Schülerin Anna, die die einzige sei, die etwas über den Widerstand wisse.

„Natürlich weiß sie davon. Es waren ‚ihre Märchen‘. Hier saß sie, wo Sie jetzt sitzen. Oma, sagte sie, Oma, erzähle. Am liebsten hörte sie die Geschichten aus den Bergen. Ganz genau wollte sie alles hören. Und immer wieder. Wehe mir, wenn ich etwas ausgelassen habe.“

„Ihr Wissen zählt nicht.“ – Noch während sie das behauptete, sagte eine andere Stimme zu ihr: Du lügst, und zwang sie, sich an die Stunde zu erinnern, in der Anna erzählt hatte, wie ihr Großvater und seine Freunde einer Verfolgungsjagd der Gestapo entkommen konnten, indem sie über Steilhänge und Lawinenhänge davongefahren waren, und wie das sogar die Buben in der Klasse beeindruckt hatte. Diese Stimme wollte, dass sie den Satz zurücknahm, aber als Anna Zach fragte: „Für die anderen, meinen Sie?“, und auf ihr „ja“ zustimmend nickte, ließ sie es, hörte lieber zu: „Für diejenigen, die nichts wissen wollen, kann man nichts tun. Ich musste das auch erst lernen, lernte es nach dem Krieg. Wieder waren wir es, die lernen mussten, niemand sonst. Als ich aus dem KZ nach Hause kam und noch reden wollte, bekam ich wieder und wieder zu hören: ‚So schlimm wird es nicht gewesen sein, sonst säßen Sie ja nicht mehr hier!‘ Unter diesen Sätzen lernte ich zu schweigen. Andere haben sich, diesen Sätzen zum Trotz, entschieden zu reden. Es war umsonst. Vielleicht war es unser größter Fehler, dass wir daran glaubten, nach dieser Erfahrung werden die Menschen endlich ihr Leben selbst in die Hand nehmen wollen. Was hatten sie schon erfahren?

Ihre jahrelange Anstrengung, ganze Völkermorde nicht zu sehen, muss ähnlich ungeheuerlich gewesen sein wie das Ungeheuerliche selbst. Diese Anstrengung sollte sich lohnen. Und sie wurde belohnt. Sie wurde zur Staatsideologie ernannt. Bereits im Sommer 1945 stand es groß in der österreichischen Presse zu lesen:

‚Vergessen wir die letzten sieben Jahre! Gemeinsam in die Zukunft!‘ Mit diesem ‚gemeinsam‘ wurden die Ermordeten noch einmal ermordet. Die Mörder sind an der Macht. Sie wussten, was sie taten. Es gibt uns nicht in der Realität dieses Landes. Es gibt uns nur auf den Friedhöfen der Namenlosen, in unseren Wohnküchen oder in Altersheimen.“

Ruth hatte Anna Zachs Gesicht beobachtet, dachte, die Enttäuschungen haben sich um ihren Mund abgelagert, sie versucht umsonst, sie mit ihrer kleinen Zunge wegzuschlecken, mit der sie sich immer wieder über die Lippen fährt, wobei die Zunge jedes Mal kurz in den Mundwinkeln verweilte.

Kein Trost durch mich.

Später, als Ruth hörte, wie Anna Zach hinter ihr die Haustür zusperrte, drehte sie sich um, überlegte, ob sie nicht wieder läuten, das Gespräch noch einmal beginnen lassen sollte. Vielleicht habe ich zu schnell aufgegeben, vielleicht hätte ich sie drängen müssen – aber jemand, der selbst auf seinem Schweigendürfen besteht, kann wohl niemanden von seinem Schweigen erlösen, und dass es eine Erlösung sein könnte, hast du bei dir selbst noch nie gedacht. Doch, einmal, korrigierte sie sich, aber das war ein Irrtum.

Sie ging zu Fuß zu ihrer Wohnung, machte einen weiten Umweg, wollte weggehen von diesem Gemisch aus Enttäuschung und schlechtem Gewissen über diese Enttäuschung.

Anna Zach sagte: „Es kann auch zu spät sein für eine Frage. Niemand hat mich gefragt bisher, mich nicht und auch sonst keine der vielen Frauen hier.“ Nichts hat sie über den Widerstand erzählt, nur, dass sie nicht wichtig war, diesen Satz hat sie mehrmals wiederholt. Es ist, als wäre die Mauer des Schweigens, die um sie aufgebaut wurde, immer näher und näher gerückt und langsam zur eigenen geworden.

Während sie nach Hause ging, versuchte Ruth, sich ihre Mutter vorzustellen, sich selbst neben ihrer Mutter vorzustellen. Ihre Mutter konnte sie sehen, sich selbst sah sie nicht. Sie sah das alte kleine Haus in Wien, sah die Gartentür aufgehen, ihre Mutter auf das Haus zugehen, die offene Haustür, aber niemand wartete dort, niemand eilte auf die

Mutter zu, küsste sie – doch jetzt, nein, es war nur ein Schatten, der ein Mensch sein könnte, der sie sein könnte und der doch der Schatten eines Menschen blieb. Ruth versuchte, sich allein zu sehen – nichts. Sie stellte sich das Klassenzimmer vor, die Stühle und Bänke, die Wände, die Fenster, die Tafel, alles war erinnerbar, jeden Schüler konnte sie in das Klassenzimmer gehen lassen, zu seinem Platz, einen nach dem anderen, bis alle Plätze besetzt waren, nur sie stand nicht vor den Schülern, der Platz der Lehrerin blieb frei.

Zu Hause kramte sie in der Schachtel mit den Fotos, fand das gesuchte nicht sofort, leerte den Inhalt der Schachtel auf den Teppich, kroch zwischen den Bildern herum, die sie um sich verteilte, die Hochzeit, Reisen mit Walter, einige Kinderfotos von ihr, Landschaften, Bekannte, Feste, endlich hielt sie das gesuchte in der Hand, ein Bild ihrer Mutter, einige Jahre vor ihrem Tod aufgenommen. Ruth betrachtete das Bild, stellte sich vor den Spiegel, fand keine Ähnlichkeit. Wenn es nicht die äußere Ähnlichkeit ist, welche ist es dann, die Anna Zach an dich denken ließ, als sie mich sah.

Sich an die Gesichter der Mutter erinnern, den Tonfall ihrer Sätze in ihr Fleisch zurücklegen und das Lachen, das Lachen vor allem, in der gerafften Erinnerung öfter hörbar als im Leben mit ihr. Aber das Fleisch ist tot, die Lebende ist nun der Schatten, und es ist nur ein Wissen, dass es andere Gesichter vor dem Gesicht der Toten gab, das ich doch noch sah, einmal war der Wunsch zu sehen stärker als das Gesetz des Gehorchens, „den Tanten gehorchen“:

„Was sagst du, Inge, eine Siebenjährige bekommt davon nur einen Schock.“

„Natürlich, Vroni, einen Schock würde sie davon bekommen.“

„Dann sind wir uns einig, Inge, sie darf die Tote nicht sehen.“

„Vollkommen einig, Vroni.“

Die Küchengespräche und Bettgespräche der beiden, kein Ort war vor diesen Gesprächen sicher gewesen. Bei der Aufbahrungshalle, wohin sie die Verwandten zur Totenwache begleiten musste, trafen sie einen Friedhofswärter, einen alten Bekannten der beiden, und wie immer führte Tante Vroni das Gespräch: „Was sagen Sie denn dazu, dem armen Kind ist seine Mutter gestorben. Wir werden die Kleine zu uns nehmen müssen, so ein Kind braucht ein festes Zuhause. Ihr Vater wird ihretwegen sein Herumziehen nicht aufgeben. Sie kennen doch ihren Vater, Herrn Schwarz. Ja, ‚der Schwarz‘, der berühmte Schauspieler. Der kommt nicht einmal zum Begräbnis seiner Frau. Die arme Frau, das arme Kind. Unsere Ruth hat ja seine Sprachbegabung geerbt ...“

Ruth entfernte sich von den Redenden, Schritt für Schritt schlich sie von ihnen weg in die Aufbahrungshalle, zu dem Sarg, stellte sich auf die Zehenspitzen, sah nichts, holte sich eine Kiste aus einem Winkel, leise, vorsichtig, stellte die Kiste neben den Sargsockel, stieg auf die Kiste, sah das Gesicht der Mutter, das tote Gesicht.

Als die Tanten in die Aufbahrungshalle kamen, stand sie noch immer auf der Kiste, sah noch immer das tote Gesicht der Mutter, hatte ausnahmsweise das Kommen der beiden nicht gehört, dieses laute Kommen.

Die zwei schrien auf, zerrten sie von der Kiste, schwankten zwischen Ärger über das „böse Kind“ und Mitleid mit dem „armen Kind“, entschieden sich für den Ärger: „Eine Mutter darf man nicht so enttäuschen, auch wenn sie tot ist.“

Und Ruth hatte gedacht, ich wollte sie nicht enttäuschen, ich wollte sie nur noch einmal sehen. Und doch muss ich sie enttäuscht haben, sie hat genauso reagiert wie früher, wenn ich sie enttäuscht habe, nur ist sie früher nicht in einem Sarg gelegen, sondern in ihrem Bett, tagelang, und all die Tage hat sie kein Wort mit mir geredet. Da die Mutter nun beim lieben Gott wohnte und Gott alles sah, sah wohl auch die Mutter von nun an alles. „Wirklich alles?“ – „Ja. Alles!“ – Die Stimme von Tante Vroni. Und Ruth fragte sich, wie es möglich sei, dass die Mutter mit geschlossenen Augen im Sarg lag und zugleich bei Gott sein konnte und alles sah. Vielleicht, hatte sie gehofft, würde es sich durch einen Zufall klären, warum die Menschen in dem Religionsbuch leibhaftig Himmel, Fegefeuer oder Hölle bewohnten, während der Leib der Mutter auf der Erde zurückgeblieben ist. Dieser Zufall ergab sich später mit dem Wort „Übersiedlung“ – „Wie lange so eine Übersiedlung dauert!“ Dieser Satz löste damals das Problem, natürlich, die Mutter war noch nicht zu Gott übersiedelt, das dauerte eben.

Ruth räumte die Fotos in die Schachtel zurück. Sie konnten die Frage nicht beantworten. Eine Erkenntnis irgendwann später und wie so oft unerwartet: Was sie und ich sicher gemeinsam haben, das tränenlose Gesicht. Seit wann ist meines tränenlos? – Seit den Kellernächten, antwortete eine Stimme, eine andere widersprach, erinnerte Ruth an das weinende Kind im Keller und hinter dem Küchenfenster, während es auf die Mutter gewartet hatte. Hörte die Stimme ihrer Mutter: Du darfst nicht weinen, hör sofort auf damit! Wann hat sie diesen Satz gesagt, und hat er das Weinen beendet? Sollte ein Satz von ihr stärker gewesen sein als meine Tränen?

Den See entlanggehen, vor den auffliegenden Möwen erschrecken, die, solange sie mit eingezogenen Köpfen auf den Eisschollen schliefen, kaum unterscheidbar waren von dem gefrorenen Schnee unter ihnen. Beobachten, wie das von den Möwen verlassene Eis langsam in den See tropfte, als würde es weinen, wie die Schrift zu weinen schien, eine Schrift auf Eis gemalt, sie zerrann, zuletzt blieb nur das Fragezeichen: „Die Lehrer – unsere Freunde und Helfer?“

An diesen Filmanfang erinnerte sich Ruth, während die Möwen auf ihre Plätze zurückkehrten; sie bemerkte sie nicht mehr. Stattdessen sah sie wieder die begeisterten Gesichter der Schüler, die zornigen Gesichter der Kollegen, nur wenige blieben gleichgültig, während die 4b ihren Videofilm vorführte, diese Gesichter waren die gefährlichen, sie versuchten, heimlich gegen Susanne und sie zu intrigieren. Das Ergebnis war, dass der Direktor sie verwarnte: „Wie können Sie es wagen, die Schüler unkontrolliert arbeiten zu lassen, sie verlieren ja jeden Respekt vor den Lehrern. Haben Sie sich denn diesen Film nicht wenigstens vorher angesehen? So etwas kann man nicht durchgehen lassen, was zu weit geht, geht zu weit, dieser Film ist eine Zumutung. Sie haben sich unverantwortlich verhalten, ja, unverantwortlich!“ Ruth musste noch oft an den Film denken; die Schüler haben Talent bewiesen, im Gegensatz zu uns, gut haben wir Lehrer in ihrem Film wirklich nicht abgeschnitten, aber haben sie deshalb unrecht mit ihrer Kritik? Dass wir uns mehr um uns sorgen als um sie, war noch eine harmlose Randbemerkung. Wie müssen sie sich fühlen, wenn wir uns wirklich sofort hinter unserer Autorität verstecken, sobald uns etwas unangenehm wird? Und wie erst, wenn wir unsere Aggressionen, unseren persönlichen Frust an ihnen auslassen? Niemals hätten sie solche einprägsamen Bilder gefunden und so viel Zustimmung bei ihren Mitschülern geerntet, wenn sie diese Begebenheiten erfunden hätten. Es war wichtig, wieder einmal in ihrer Situation zu sein, und es war gut, sie zu zweit zu erleben. Susanne zwinkerte ihr zu, während der Direktor sie abkanzelte, so ist es also, hatte Ruth gedacht, wenn einer nur mit seiner Macht agiert, wenn nur die Macht zählt, nicht das Verständnis, Interesse. Zuletzt gab der Direktor eine Verordnung heraus, dass alle Videofilme ab sofort genehmigungspflichtig seien. Da war sie wieder, die Zensurbehörde – es bleibt uns nichts anderes übrig, als die Zensur zu einem Thema zu machen, dachte sie und freute sich auf die Arbeit mit Susanne; mit Metternich beginnen und Nestroy, überlegte sie, oder vielleicht mit den Erfahrungen der Schüler? – Ja, besser mit ihren eigenen Erfahrungen beginnen.

Es müsste endlich Frühling werden, hier hört der Winter nicht auf, wann hat er angefangen. Etwas mit Frühling, ein Fest, bitte endlich etwas Schönes! Auf die Berge gehen, ja, eine Bergtour machen, bis man vor Erschöpfung fast zusammenbricht, dann in der Ferne eine Hütte sehen, die Bergschuhe ausziehen, die dicken Wollsocken, und barfuß über die Almwiese auf die Hütte zugehen, spüren, wie die Fußsohlen das Berggras wiedererkennen. Vorher aber war eine Quelle, genau an dem Ort, an dem man glaubte, verdursten zu müssen, nach einem Schotterfeld vielleicht, auf das die Sonne scheint, die Steine sind heiß, an den Felsspalten links und rechts staut sich die Wärme, an diesem Frühlingstag stürzen die Vögel von den Wänden, knapp vor dem Boden schwingen sie sich wieder hoch, ihre Flügelschläge hallen durch die Schlucht, der Mund ist ausgetrocknet, da, beim Ausgang der Schlucht ist die Quelle, neben der man sich niederlässt, namenlos. So müde bei der Hütte ankommen, dass kein Gesang den Schlaf stören kann, auch nicht der lauter und lauter werdende Gesang: „Deutschland, Deutschland über alles …“, und wenn man kurz aufwacht denken, es war alles nur ein Alptraum.

Aber es ist nicht Frühling, und der Gesang ist Wirklichkeit, er ist bis auf die Straße zu hören, durch die beschlagenen Fenster des Gasthauses, und vom Winter weiß hier niemand, wann er aufhören wird.

Die veränderten Träume. In ihnen war sie zur Mörderin geworden oder wurde selbst ermordet, mit weniger Dramatik gaben sie sich nicht mehr zufrieden. Und immer bestanden sie aus zwei Teilen, fingen ganz harmlos an und endeten grauenvoll. So sehr sie sich auch bemühte, sich an die Traumbegebenheiten, die zu dieser radikalen Veränderung führten, zu erinnern, es gelang ihr nicht. Sie wollte sich damit trösten, dass es vielleicht nur ein Irrglaube sei, in ihnen einen Schlüssel zu sehen, da sie nicht wusste, wonach sie suchte, in welche Tür er passen könnte, aber dieser Trost schmeckte schal.

Manchmal wachte sie jetzt wieder von ihren Schreien auf. Als sie zum ersten Mal hörte, was sie schrie, wusste sie kurze Zeit weder wo sie sich befand, noch wer sie eigentlich war. Wie vor Jahren war es wieder der Name Brigitta, der sie weckte, ohne die Dunkelheit zu erhellen, in die er sie hineinstieß.

Noch immer kein Schlaf ohne Tabletten, mit ihnen die Alpträume, mit ihnen der erschlagene Körper und manchmal die Panik: Ich kann das nicht ändern, es liegt nicht in meiner Macht. Sie begann sich zwar vor ihren Träumen zu fürchten, zugleich war sie enttäuscht, wenn sie ohne Erinnerung an sie aufwachte. Es waren die intensiven Gefühle, die ihr fehlten, Gefühle, die sie in dieser Stärke tagsüber nie empfand. Im Gegenteil, während sie wach war, hatte sie immer öfter den Eindruck, in einer Gummizelle zu leben. Keine Ermahnungen halfen, diese Vorstellung zu vertreiben. Marthas Zimmer, dieses leere Zimmer, tauchte vor ihr auf und immer wieder die Frage, wo Martha eigentlich schlafe; die Zelle von Martha war weiß, ihre war grau, Schattenwelt nannte sie ihr Dahindösen. Oft stand sie jetzt im Unterricht neben sich und schüttelte den Kopf über die Lehrerin Ruth, die niemanden mehr begeistern konnte, ihre Begeisterungsfähigkeit nur noch eine vage Erinnerung. In seltenen Glücksmomenten wusste sie, dass dies nicht die ganze Wahrheit sein konnte, es andere Stunden gab, in denen auch für sie die Welt wieder bunt war, aber es war, als hätte sie dafür kein Gedächtnis.

Susanne holte Ruth zu einem Spaziergang ab. Ruth stand hinter ihrem Fenster, beobachtete Susanne, ihre Freude über den Schnee. Sie hatte ihren Kopf zurückgebeugt und fischte sich die großen Schneeflocken mit der Zunge von den Lippen. In der Wärme glänzten die tauenden Flocken auf ihrem Haar. Ruth reichte ihr ein Handtuch, Susanne verzichtete lachend darauf. Sie wollte nur einen Schluck trinken. „Und dann gehen wir." Gehen, bis sich der Körper darin wiedererkennt, vermisste Weite, vermisste Bewegung. Sie fuhren mit Susannes Auto nach Gößl. Susanne war eine leidenschaftliche Autofahrerin, sie konnte nicht verstehen, warum Ruth freiwillig auf dieses Vergnügen verzichtete, ihr falle das Zugeständnis an die Bäume, wenigstens in die Schule mit der Straßenbahn zu fahren oder zu Fuß zu gehen, schwer genug. Sie wählte die kleinen kurvigen Straßen, fuhr schnell, daran hatte sich Ruth gewöhnt. In übersichtliche Kurven ließ sie das Auto gezielt hineinschleudern, warnte Ruth mit gespieltem Ernst vorher, sang dann wieder vor sich hin. Anfangs wollte sie Ruth dazu überreden, doch mit ihr zu singen, andere singen unter der Dusche, sie singe beim Autofahren, aber Ruth konnte sich nicht überwinden. Wo man singt, da lass dich ruhig nieder – Susannes schöner Sopran übertönte die Autogeräusche.

Ihre Stimme zitterte nicht, wie die der Mutter gezittert hatte, wie ihre gezittert hatte bei den Liedern, gesungen gegen die Angst, und niemand hatte sich ruhig niedergelassen im Keller in den Bombennächten, den einsamen Nächten. Später, viel später die Kirchenlieder, Ruth erinnerte sich an ihre Bemühungen, den Eifer der Tanten nachzumachen, inbrünstig mitzusingen, aber diese Art von

Gemeinsamkeit war ihr nie geheuer, und ihr Unbehagen wurde durch die Versuche, es den Erwachsenen zuliebe zu unterdrücken, nur größer. Sie hatte es schließlich aufgegeben, hatte lieber in dem Gebetbuch gelesen oder sich umgesehen. Da stellte sie zu ihrem Erstaunen fest, dass die Tanten wirklich so vertieft waren in ihre Gottesanbetungen, dass sie vergaßen, sie zu beobachten. Der gleiche Ausdruck in den Gesichtern der Nonnen. Ruth begann, sich vor dieser Entrücktheit zu ekeln, wurde diesen Ekel nicht mehr los.

Während sie den Bach entlang zum Toplitzsee gingen, fragte Susanne sie nach dem Grund, warum sie Heinz nicht mehr sehen wolle. „Ich bin nicht so naiv wie mein Sohn, der dir deine Geschichte von dem Gerede der anderen geglaubt hat. Du warst doch verliebt in ihn. Mach nicht so ein Gesicht, ich will dir nicht wehtun." Ruth meinte: „Es ist lächerlich, ein Zwanzigjähriger und eine ‚Mittvierzigerin'." Susanne sah das anders, nannte sie altmodisch. Ruth bestritt diese Eigenschaft nicht. „Heinz ist noch immer verliebt in dich." Ruth dachte, es wird Zeit, Susanne von diesem Thema abzulenken, aber Susanne war schneller als sie: „Du wirst eine verbitterte Frau werden, wenn du so weitermachst. Mit schmalen, zusammengepressten Lippen und einer keifenden Stimme." Ruth lachte, Susanne gab sich alle Mühe, ihr dieses Zukunftsbild vorzuspielen.

Als Susanne jedoch weiterbohrte, bat Ruth sie, damit aufzuhören: „Du weißt doch, dass ich über solche Dinge nicht reden will."

„Verrätst du mir gelegentlich einmal, warum?"

„Vielleicht, um mich nicht daran zu gewöhnen?"

„Das verstehe ich. Etwas Schlimmeres kann einem nicht passieren."

„Doch. Dass es dann nicht mehr möglich ist."

Eine Gruppe leicht angeheiterter Jäger kam ihnen entgegen, einer wollte den anderen mit Bemerkungen über die zwei einsamen Wanderinnen übertrumpfen, sie fanden sich offensichtlich sehr witzig, nur nicht hinhören, lieber an den anderen Jäger denken, an den einen, der mit den Partisanen zusammengearbeitet hatte, in dessen Revier sie sicher waren. Als die Gruppe nicht mehr zu hören war, erzählte Ruth von dem Gespräch mit Anna Zach.

Susanne war enttäuscht: „Wie kann sie nur glauben, dass sie nicht wichtig war? Ist es nicht fürchterlich, dass sie kein Selbstbewusstsein mehr hat?"

Ruth hatte das Gefühl, Anna Zach verteidigen zu müssen, wusste nicht, wem gegenüber, Susannes Worte waren kein Anlass, das spürte sie. So sagte sie nur: „Mir ist diese Haltung sympathisch."

Susanne sah sie erstaunt an. „Das ist nicht dein Ernst. Ich dachte, du interessierst dich für den Widerstand?"

„Was soll die Frage?"

„Falls du es noch nicht bemerkt haben solltest, im Moment interessierst du dich nur für die Bescheidenheit. Ich kann mir gar nicht vorstellen, dass du nicht enttäuscht warst."

Was hindert mich, es zuzugeben?

„Du verteidigst nicht nur eine typische Frauenhaltung, sondern auch die Geschichtslosigkeit."

Die eigene Geschichtslosigkeit, aus der später, viel später der Hunger entstand – oder gleich entstand und sich erst später artikulierte? Nicht nur die Mutter, ganz Wien war ohne Gedächtnis. Wir Kinder nannten uns Trümmerkinder, aber woher die Trümmer kamen, wussten wir nicht. Sie waren mit uns da, waren selbstverständlich, wie es selbstverständlich war, dass Kinder starben, mitten in der Aufbauzeit starben Kinder auf den Schuttbergen, flogen sie nur so in die Luft und kamen nicht zurück, und niemand warnte, niemand erklärte, nur die Trümmer sind inzwischen weggeräumt.

Zu Susanne sagte sie: „Ich versuche, Anna Zach zu verstehen. Ich will sie verstehen."

Und für sich dachte sie: Ich weiß selbst nicht, warum mir das so wichtig ist. Ich weiß nur von Ansichtskarten, leeren Briefkuverts. Trugbild oder Erinnerungsbild – zwei Frauen, zwischen ihnen ein Kind, sie schwingen das Kind in die Luft, es jauchzt, die Frauen lachen ein liebevolles Lachen, das Kind will wieder und wieder „in den Himmel geworfen werden" und sein Wunsch wird ihm erfüllt. Aber warum sehe ich auch diese drei Menschen nur von hinten; wer ist das Kind, wer war das Kind?

Susanne ärgerte sich über Ruths Antwort. Diese Art von Verständnis, meinte sie, sei vollkommen sinnlos. Es nütze Anna Zach nichts, die weiterhin allein sei mit ihrer Vergangenheit, und es nütze den Schülern nichts, und wir erfahren nichts von unseren Vorgängerinnen. „Wir brauchen sie. Hast du ihr nicht gesagt, wie sehr wir sie brauchen! Die Rechten breiten sich mehr und mehr aus. Soll alles wieder von vorne anfangen, nur in anderen Kleidern? Dass es diese Frauen gab, hier und überall, darauf kommt es doch an!"

Ruth wehrte ab: Sie wolle sich mit den Widerstandskämpferinnen nicht vergleichen.

Susanne widersprach. Wenn diese Frauen nicht als Vorbilder infrage kämen, wozu sich dann mit ihnen beschäftigen? „Lernen können wir doch nur von denen, die uns nah sind, nah sein dürfen."

Nachdenklich fügte sie hinzu, dass ihr Gefühl der Nähe zu diesen Frauen eigentlich wenig mit deren direktem Widerstand gegen den Faschismus zu tun habe – dafür reiche ihre Phantasie gar nicht aus –, sondern in der Zeit vorher wurzle, in der sie sahen, was kommen würde, sie vor dem Kommenden warnten, versuchten, den Faschismus zu verhindern, in deren Wissen, dass er Krieg bedeute. „Zum Widerstand gegen den Krieg im Krieg werden wir keine Möglichkeit mehr haben."

Einige Meter führte der Weg noch am Seeufer weiter, dann war er zu Ende. Susanne hatte überlegt, ob man um den See gehen könnte; sie glaubte, sich daran zu erinnern, und Ruth hatte, ohne nachzudenken, ja gesagt. Dieses „ja" beunruhigte sie jetzt, wie sie das hier öfter als in anderen Gegenden auftauchende Gefühl – das kenne ich, hier war ich bereits einmal – beunruhigte. Manchmal fand sie dann in einem ihrer Bücher ein Bild von der Stelle, an der dieses Gefühl so stark war, dass ihr ein Irrtum ausgeschlossen schien, und sie gestand es sich nur langsam ein, dass derlei Fotofunde sie eigentlich enttäuschten; aber weitersuchen musste sie trotzdem, vielleicht auch nur, um manchen Orten ihr Geheimnis lassen zu können.

Susanne erinnerte sich jetzt, dass sie – vor wie vielen Jahren? – mit ihrem Mann hier gewesen war. Es war ein eisiger Winter gewesen, der See war zugefroren, auf dem Eis lag frischer Schnee, Otto und sie sind über den See gegangen, haben ihre Spur durch den Schnee gezogen.

Die alten Spuren, dachte Ruth, sind nicht mehr zu sehen. Still liegt der See zwischen den Bergen. Die Berge verdunkeln die Wasseroberfläche, der See ist ein blinder Spiegel. Ab und zu finden Taucher Reste aus der Zeit des Faschismus, aber es bedürfte anderer Kräfte, um den Dingen, die hier geschahen, auf den Grund zu gehen; die Taucher kommen nur bis zur Mitte des Sees, weiter hinunter kommt niemand. Der See selbst müsste alles ausspeien, müsste sich in einen Vulkan verwandeln, dass uns im Nachhinein Hören und Sehen vergeht.

Susanne stellte sich neben Ruth, warf Steine ins Wasser. Nach einiger Zeit bat sie Ruth: „Lass uns doch diese Stunden genießen." Ruth hörte sich antworten: „Du hast recht." Wartete auf irgendeine Gegenstimme. Nichts. Eine ihr unheimliche Stille. Sie presste die Hände gegen den Kopf. Sah Susanne nach, die bereits vorausgegangen war. Warum kann ich nicht reden. Meine Lippen sind wie Steine, an ihnen könnte ich mir die Zähne ausbeißen. Ein Schrei wäre die Rettung. Aber zu den Schreien wollte sie nicht zurückkehren, vor allem nicht zu den eigenen.

Ein Schatten an der Wand, im Schein der Schreibtischlampe ein Gesicht, langsam erkannte sie Anna Zach. Ruth legte das Buch zur Seite, Anna Zach nahm ihre Hand, sie wollte ihr etwas zeigen, führte sie zum Fenster, das weit offen stand, obwohl Ruth sicher war, es geschlossen zu haben, es war doch Winter, woher kam diese laue Luft plötzlich, die die Häuser durchsichtig machte und den Blick zum See freigab, in der alles ganz nah war, sogar Martha, die auf den Traunstein kletterte, konnte sie sehen, sie winkte ihr, Martha winkte zurück, sie hörte ihre Worte: „Es geht mir gut", und hörte sie noch einmal als Echo. Wie schnell sie ist und wie geschickt, ich muss keine Angst um sie haben. Auf der Uferpromenade sah sie ihre Mutter gehen, sah ihren verwundeten, nackten Körper, bemerkte erst jetzt, dass um ihre Handgelenke Fesseln waren, da lief ein Mädchen auf sie zu und nahm ihr die Fesseln ab. Es war, als hätte das Kind einen Bann gebrochen, immer mehr Menschen kamen jetzt, und alle versuchten, ihr zu helfen. Ruth brachte ihr Kleider; während sie auf die Mutter zueilte, verschwanden die anderen und mit ihnen die Wunden, keine einzige Wunde war zurückgeblieben, keine einzige. Die Mutter freute sich über die neuen Kleider, sie zog eines an, drehte sich vor Ruth, die sie bewunderte. Sie fassten sich an den Händen und tanzten über den See, wie sie noch nie getanzt hatten. Da kam der Vater, Ruth wollte weggehen, aber die Mutter hielt sie fest.

Der See nahm sie mit sich und schwemmte sie in die Traun, das Wasser des Flusses reichte ihnen bis zum Hals, jetzt werden wir alle drei ertrinken. Sie staunte, dass die Eltern keine Angst davor hatten, das also ist das Ziel unseres Treffens, nichts sonst. In diesem Moment zog eine Hand ihren Kopf aus dem Wasser, sie hörte Susannes Stimme: Nur nicht aufgeben, Ruth, nicht aufgeben, da vorne die Brücke, wir müssen die Brücke erreichen. Aber immer wieder geriet sie in einen Strudel, der sie mit sich forttrug und alle Anstrengungen sinnlos machte. Ihr Vater zog sie mit sich nach unten, tauchte mit ihr unter dem Strudel durch – ich hatte solche Angst, dass du mich ertränken wirst –, er strich ihr das nasse Haar aus dem Gesicht, seine Stimme klang traurig: Ich gehöre einer miserablen Generation an, er verdrehte die Augen, klopfte sich an die Brust, mea culpa, mea culpa, mea culpa, Brigitta! Ruth riss sich wie elektrisiert los, suchte Brigitta, rief nach ihr, statt einer Frauenstimme hörte sie Walter antworten: Du brauchst nicht nach ihr zu rufen, du bist Brigitta! Ich habe es ja schon immer gewusst, dass du eine Lügnerin bist.

Sie hörte sich „nein" schreien, schloss entsetzt die Augen, aber es war zu spät, das Moor hatte sie wieder, ein Taumeln und Fallen begann, ein Um-sich-Schlagen und Nach-Luft-Ringen – bis es endlich zurückwich und dem See Platz machte, der sie vom Schlamm reinigte und sanft an sein Ufer schwemmte.

Die Bäume haben Gesichter, sie ahnte es, von Anfang an. Die Gesichter der Lebenden und der Toten, all ihre verschiedenen Gesichter, sieh sie dir an, so viele kennst du nicht von den Menschen, die du zu kennen glaubtest, du bist ihnen nicht gerecht geworden, keinem. Und es gibt Stimmen, die nur selten zu hören sind, diese hast du noch nie gehört: Wie willst du die Gesichter der anderen erkennen, wenn dir die eigenen fremd sind. Du starrst umsonst Löcher in die Luft.

Nichts kannst du erzwingen, du weißt es. Vor allem nicht den Tag, an dem deine Augen vor Erwartung glühen werden, dein Gestern nicht mehr dein Heute verdammt und dein Heute nicht mehr dein Gestern.

Es begann wieder zu schneien, in dem Haus gegenüber ging ein Licht nach dem anderen aus, der Schnee verschluckte die Worte, Ruth fror, sie schloss hastig das Fenster.

Einige Tage nach ihrem Besuch bei Anna Zach wurde Ruth in der großen Pause zum Direktor gerufen. Die Sekretärin rief sie von der Konferenzzimmertür aus. Wartete dort auf Ruth, fragte sie, ob sie wisse, warum der Direktor sie sprechen wolle. Ruth verneinte, ging schneller, jetzt nur keine Erinnerungen an Wien, ja nicht abergläubisch werden! Auch die Sekretärin ging schneller, blieb neben ihr, bis sie die Tür zum Zimmer des Direktors geöffnet hatte. Ruth stieg über die Türschwelle, betrat das Zimmer, diesen großen, hellen Raum, in dem es viel zu warm war, ein Fenster rechts neben dem Schreibtisch, hinter dem der Direktor saß, war geöffnet, die Vorhänge blähten sich, einige Zettel flatterten über den Tisch, fielen zu Boden, Ruth bückte sich nach ihnen, der Direktor sprang auf. „Lassen Sie das, ich hebe mir meine Zettel selbst auf!“ Woran sich orientieren, sie hatte noch nie gesehen, dass er sich nach etwas bückte, jetzt sammelte er nervös die Zettel ein, riss ihr das Blatt, das sie auf den Tisch legen wollte, fast aus der Hand; sie hatte nur ihren Namen darauf gelesen, für die anderen Worte reichte die Zeit nicht, die Schrift kannte sie nicht. Der Direktor bat sie höflich, sich zu setzen, fragte sie, ob sie sich gut eingewöhnt habe. Warum diese Frage jetzt? Er erwartete keine Antwort, redete ohne Unterbrechung weiter: „Sie möchten doch sicher gerne, dass ich Ihren Vertrag verlängere. Sie wissen hoffentlich, es hängt allein von mir ab, ob Sie bleiben können oder nicht. Ein Direktor findet immer Mittel und Wege, einen Lehrer zu behalten oder ...“ Wenn er sich jetzt über meinen Unterricht in der letzten Zeit beschwert, dann kann ich ihm nur recht geben. Er war uninteressant, langweilig, ich weiß es ja selbst, so streng, wie ich zu mir bin, kann er gar nicht sein, doch im Moment nützt nicht einmal meine Strenge etwas, wie soll da seine etwas nützen. Aber davon sagte er kein Wort.

Er müsse mit ihr reden, und zwar ernsthaft, wie er betonte. Ihm sei von vertraulicher Seite mitgeteilt worden – er machte eine kunstvolle Pause –, dass sie Umgang mit kriminellen Elementen habe. Selbstverständlich sei es seine Pflicht, derartigen Informationen nachzugehen, schließlich habe er auf den Ruf seiner Schule zu achten.

Das Gasthaus, verraucht, dunkel, einige Betrunkene, ja, daran erinnerte sich Ruth, aber Kriminelle? Eine Schülerin hatte sie vor einigen Tagen aus diesem Lokal angerufen, sie wisse nicht mehr weiter, sie sei von zu Hause weggelaufen, der Freund, zu dem sie gegangen sei, habe sie vor die Tür gesetzt, sie traue sich nicht nach Hause und außerdem, die Schule – die Eltern würden ihr sicher keine Entschuldigung schreiben. Ruth hatte das Lokal nicht gekannt, fand es nicht gleich, hatte gedacht, so wenig kennst du von dieser Kleinstadt, du wirst hier immer eine Fremde bleiben, und dieser Gedanke ist dir nicht einmal unangenehm. Hingegen bedrückte es sie, wie wenig sie die Schüler kannte, nie wäre ich auf die Idee gekommen, dass Martina fehlt, weil sie weggelaufen ist. Ich habe nur an eine Krankheit gedacht. Sie erblickte das Mädchen allein an einem Tisch, Martina fiel ihr um den Hals, das war Ruth unangenehm, sie löste sich von ihr, bezahlte für sie, ging mit ihr nach Hause, redete mit ihren Eltern.

Er vertrete die Auffassung, dass Lehrer, zu denen Schüler ein besonderes Vertrauensverhältnis hätten, sich ihrer Verantwortung als Vorbild stärker bewusst sein müssten als andere. Er könne es daher bei ihnen noch weniger dulden, dass sie Umgang mit „Rechtsbrechern“ hätten, er wolle keinen härteren Ausdruck verwenden. Warum sie so überrascht sei, sie solle ihm nicht die Rolle der Unwissenden vorspielen, jeder in Gmunden wisse doch, dass die Frau Zach im Gefängnis gesessen sei – nein, eben nicht nur während des Nationalsozialismus, davon rede er nicht, wer redet denn noch davon, sondern wohlgemerkt auch unter den Amerikanern, und denen wolle sie hoffentlich nichts unterstellen. Sie kenne ja die Verordnung, dass schulfremden Personen das Betreten der Schule verboten sei, absolut verboten und nur er die Erlaubnis dafür zu erteilen habe, und das werde er in diesem Fall selbstverständlich nicht tun.

Ruth ging in den Schulhof und lehnte sich an die Mauer. Sonne! Die Füße im Schnee. Der Wind lacht dich aus, während er seine Arbeit tut und den Schnee vom Staub befreit, und die Tauben gurren es bereits von den Dächern, dass du bereit warst, Anna zu verraten. Sich wiederfinden unter den Verräterinnen, den stillen, auch Schweigen kann Verrat sein, es macht die Worte erst gültig. Dich hat nur der Zufall gerettet, ein einziges Wort hat dich wieder zur Vernunft gebracht – was wäre geschehen, hätte er dieses Wort nicht verwendet? Sein Satz: „Ich kann mich also auf Sie verlassen", das Wort ‚verlassen' hallte wider vom bizarren Traunstein, vom sanften Grünberg, verlassen, verlassen. Von allen guten Geistern verlassen, von Anna verlassen, nein, ich verlasse Anna – dieses Wort, ich bin doch noch gar nicht angekommen bei Anna und soll sie schon wieder verlassen!

Endlich hatte sie das Schweigen zwischen ihnen beendet, hatte die Sprache wiedergefunden, den Irrtum aufgeklärt, der, wie sie sich eingestand, für Sekunden kein Irrtum war, im Gegenteil, hatte ihr Wissen wiederentdeckt, dieses inzwischen selbstverständliche Wissen um den Milchprozess, Milch für Kinder, nicht nur für ihres, für alle Kinder hatte Anna gefordert, gemeinsam mit anderen Frauen; wieder waren es die Frauen, die für die Kinder zu sorgen hatten, daran hatte sich nichts geändert, sie hatten die Milch von den Amerikanern gefordert, von denen, die nun über die Milch verfügten – es gab ja Milch, unverseucht, die fetten Weiden! All ihr Wissen, dieses mühsam erworbene Wissen hatte sie für Sekunden verlassen, damit er sich auf sie verlassen konnte, seine Drohung nicht wahr würde, diese versteckte Drohung, damit sie arbeiten konnte – nichts sonst stand auf dem Spiel, nichts sonst.

Sie sah Anna vor sich, alt geworden, klein und bucklig: „Dass von allem nur die Einsamkeit bleibt, das hätte ich früher nicht geglaubt." Aber Anna ist ohne Angst. Er hingegen, er hat Angst vor ihr. Wovor hat er Angst? Er sieht sich mächtig, dabei reicht seine Macht nicht einmal mehr bis zu mir, wie soll sie da bis zu Anna reichen? Dass etwas anderes in mir stärker ist als meine Abhängigkeit von dieser Arbeit, das will ich feiern, ich will es mit Anna feiern.

Wann beginnt die Suche nach einem Menschen?

Laufen. Warum laufen Sie denn so, passen Sie doch auf, haben Sie keine Augen im Kopf?

Einmal noch wissen, es nur einmal noch wissen, wohin ich zu laufen habe.

Ruth lief zu Anna. Anna öffnete ihr die Tür. Ruth bemerkte nicht, dass Anna einen Schritt zurückwich, sich dazu überwinden musste, sie in ihr Haus zu lassen. Ruth war erschöpft, sie keuchte, es war ein langer Weg, es war ein ungewohnter Lauf. Anna brachte ihr schweigend ein Glas Wasser, Ruth trank das Wasser, erst jetzt sah sie Anna an, die mit dem Rücken zu ihr stand, begrüßte sie noch einmal, erhielt keine Antwort. Warum drehte sie sich nicht um? Endlich hörte sie Annas Stimme, erkannte die Stimme nicht, Anna drehte sich nun doch zu Ruth, sah sie nicht an, während sie ihre Frage wiederholte: „Ist Berger Ihr Mädchenname?“ Ruth schüttelte verwirrt den Kopf, mit dieser Frage hatte sie nicht gerechnet und nicht mit dieser abweisenden Haltung, ich wollte doch feiern mit dir, Anna, endlich einmal feiern, wann hast du zuletzt gefeiert, habt ihr Frauen manchmal gefeiert, ihr hattet doch so viele Gründe zu feiern, jede einzelne eurer Handlungen war ein Fest wert, aber die Zeit war wohl nicht geeignet für Feste, sogar die Feste hättet ihr tarnen müssen, wie tarnt man ein Fest, die Freude, das Lachen?

Anna beachtete den Wein nicht, den Ruth auspackte und auf den Tisch stellte.

„Nun, wie haben Sie früher geheißen?“

„Schwarz.“

„Ist das alles?“

Ja und nein, Anna. Ich würde lieber ein Glas Wein mit dir trinken, als auf alte Postkarten zu starren und leere Briefumschläge hin und her zu legen, aber unser Fest werden wir wohl nicht feiern, wenn du glaubst, dass ich lüge und in Wahrheit Brigitta heiße. Dieser Lüge hättest du mich nicht bezichtigen sollen.

„Sie verwechseln mich mit jemandem.“

„‚Sie verwechseln mich mit jemandem‘, – die Worte Ihrer Mutter, als ich sie zufällig nach dem Krieg in Wien traf, genau diese Worte sagte sie, und sie sah mich genauso erschrocken an wie Sie, als Sie das erste Mal zu mir gekommen sind. In diesem Moment erkannte ich Sie als ihre Tochter. Aber dann sagten Sie diesen mir fremden Namen, und ich redete mir ein, die Ähnlichkeit sei nur ein Zufall. Warum haben Sie sich unter einem falschen Namen bei mir eingeschlichen? Was habe ich Ihnen denn getan? Was habe ich ihr getan? Bei ihrem letzten Besuch trennten wir uns noch als Freundinnen. Immer wieder habe ich mich an jeden Tag dieser Woche zu erinnern versucht. Ich habe ihr geschrieben. Dreimal habe ich ihr geschrieben und sie gefragt, warum sie mich verraten hat. Sie hat mir nie geantwortet. Wie ich sie hasste für dieses Schweigen, mehr als für ihr Reden bei der Gestapo. Das konnte ich verstehen, ich habe es ja selbst erfahren, wie sie foltern. Wenn du unter ihrer Folter zusammenbrichst, wer wirft den ersten Stein! – Das Gegenteil ist das Wunder, ich kannte mich nachher selbst nicht mehr, fragte mich immer wieder: Habe ich das wirklich ausgehalten? Unsere letzte gemeinsame Woche – Sie waren damals mit, aber daran werden Sie sich wohl nicht mehr erinnern, Brigitta!"

Die Stimme wurde leise, Ruth versuchte, sie trotzdem zu hören, wessen Stimme hörte sie?

„Wie müde Sie jetzt aussehen. Ich glaube Ihnen, dass Sie müde sind. Immer sind die Verräter müde, wenn sie entdeckt werden, und immer sind sie dann nahe am Aufgeben, das Leben aufgeben, das sie lange vorher aufgegeben haben. Aber das werden Sie nie begreifen – oder doch?"

Die Orte, dachte Ruth, müssten Trauer tragen. Und wirklich waren die Farben mit dem Geheimnis verschwunden, war Gmunden überflutet, ragte nur noch die Kirchturmspitze aus dem Wasser, in dem sich keine Sterne mehr spiegeln konnten, standen die Bäume einzeln und verdorrt an den Ufern. In diesem Zustand bleiben wollen, sich an ihn klammern. Da kehrten die Farben zurück, sah sie blaue Schulhefte, ihre rote Schrift zwischen blauer, grüner, schwarzer Schrift, auf ihrem Schreibtisch liegen, es wartet so viel Arbeit auf mich – aber da verschwanden die Hefte, lag nur noch ein weißes Blatt vor ihr, schrieb sie mit roter Tinte auf weißes Papier, las sie den Namen auf der Liste der erinnerten Worte, den Namen Brigitta, den die Hand nicht durchstreichen konnte, und hörte noch einmal die Stimme des Vaters: mea culpa, Brigitta!, und ihre Stimme, die diesen Namen schrie. Sie spürte, die Fluchtmöglichkeiten waren erschöpft. Würde sie bleiben wollen?

So wäre es möglich, aus den Teilen ein Ganzes zu machen? Drei Zettel aus den Briefkuverts ziehen und dreimal die Frage lesen: Warum hast du mich verraten? Noch einmal den Ruf hören: „Lauf weg! Lauf!“, und noch einmal sehen, wie einer der beiden Männer kurz von der Mutter ablässt, sich nach ihr umdreht, nach ihr greift, diesen Händen davonlaufen müssen, die Mutter im Stich lassen müssen, die weiter geschlagen wird, nun auch statt meiner geschlagen wird, nur noch Schläge. Durch Wien irren. Keinen Menschen fragen können, Angst vor allen Menschen. Endlich das Haus finden, durch ein offenes Kellerfenster in das Haus kommen. Weinen und warten. Nachts mit den Puppen im Keller, tagsüber hinter dem Küchenfenster, von wo aus die Gartentür zu sehen ist.

So wäre es möglich, den gelben Schal mit den blauen Punkten von dem Gesicht zu nehmen – dem Gesicht, das ich nicht wiedererkannt habe – und ihn um den Hals der Mutter zu legen. Die Haustür zu öffnen und dich aus dem Haus gehen zu lassen – dich? –, ein Kind kannst du sehen, das auf die Mutter zuläuft, sich an den Hals der Mutter hängt, die Mutter kannst du reden hören. Brigitta – sagte sie diesen Namen? Sagte sie ihn zu dem Kind? Klingt die Stimme, wie ihre Stimme klang? Was sagte sie noch? Was hörst du?

Alte, vertraute Sätze: Alles nur deinetwegen. Hör sofort auf zu weinen. Sonst schicken wir dich ins Internat. Der Krieg ist bald aus. Ich taufe dich im Namen des Vaters, des Sohnes und des Heiligen Geistes, Amen. Nach dem Krieg wird nie nach Papieren gefragt. Alles nur deinetwegen, nur deinetwegen –

Stille.

In der Stille hörst du nur ungesagte Worte, du wirst die einzig wahren Sätze dieser Tage nicht mehr finden. Nur fremde Sätze sind in mir.

– Ich will diese schreckliche Zeit vergessen. Ich hatte solche Angst um dich, sie drohten, dich zu holen, dich zu foltern. Ich kann deinen Namen nicht mehr hören, dein Vati und ich, wir sind uns einig, wir werden einen schöneren Namen für dich finden, einen, den diese Mörder nicht aussprachen.

Ist meine Mutter wirklich eine Verräterin? Hat sie Anna verraten? Hat sie mich verraten?

– Ich wollte Anna nicht verraten, sie war doch meine Freundin, meine einzige Freundin. Alles nur deinetwegen, sie drohten, und wie sie drohten, ihre Drohungen, nur noch Drohungen.

Ist sie an ihrem Verrat gestorben? Hat sie sich selbst nicht ertragen? In welchem Film hast du diese Geschichte gesehen?

Erinnere dich an den Film, du musst all diese Sätze in einem Film gehört haben. Sieh hin! Wer spricht? Keine flimmernden Gesichter? Dann hör auf, Ruth, sonst glaubst du noch an die fremden Sätze in dir.

Und wenn die fremden Sätze längst zu meinen eigenen geworden sind? Wozu die retuschierten Bilder am Leben erhalten? Und wozu diese alltäglichen Anstrengungen, das Moor zu verlassen, wenn es mich doch immer wieder hinabzieht. Ich hätte mit Martha gehen sollen. Vielleicht ist sie die einzig Vernünftige. Oder mit Eva, aber sie wollte mich nicht mitnehmen, sie sah, was ich nicht einmal ahnte – hier kann eine die Wahrheit nicht ertragen, ist lieber ohne Gedächtnis, als in ihr. „dass ich mir nicht das Leben nahm, / das hat mich selbst entsetzt“. Wir sind zu früh geboren, mitten hinein in die Verbrechen, ohne eine Möglichkeit, uns dagegen zu schützen. Und doch hat jede versucht, sich gegen diese Wahrheit zu schützen, gegen die keine Blindheit hilft, jahrelang habe ich mich umsonst blind gestellt. Wir haben eine maßlose Phantasie entwickelt aus unserer Überempfindlichkeit, unserer Verletzbarkeit, und bleiben doch Ausgelieferte. Ausgeliefert an den Todesengel – irgendwie hat jede von uns vor dem Leben den Tod kennengelernt –, sein Flügelschlag ist es, den ich wiedererkenne oder dessen Fehlen mir sofort auffällt. Der Alptraum ist in uns, er wiederholt sich in uns, sinnloser war noch keine Wiederholung.

Zurückkommen in diese Küche, Annas Stimme hören, Anna nicht finden in dem Raum, wann war es, dass sie ihre Frage stellte: „Wussten Sie wirklich nicht, dass Sie früher Brigitta hießen?“ Seither den Kopf verneinend bewegen, gleichbleibende Bewegung, langsames Hin und Her, es beenden wollen, den Kopf mit beiden Händen festhalten, die eigene Stimme nicht erkennen, dieses Krächzen – „nein“ krächzt die Stimme.

Da kam das Lachen wieder, das sie einer Zeit zugeordnet hatte, nicht sich. Sie sah, wie Anna erschrak, der Schrecken der anderen nur ein Grund zu noch stärkerem Lachen. Und dann Annas Stimme, wortlose Stimme und doch Stimme, so soll es bleiben, ich will nichts mehr hören, kein Wort, nur kein Wort mehr. Und hörte die Worte dann doch: „Nicht weglaufen, Ruth!“

Wird sie wissen wollen: Was sonst?

Anna würde antworten: Komm über den See.

Ruth könnte sie fragen: Wie weit ist es bis dorthin?

Und hören: So weit wie bis zu dir.

Sie könnte stehen bleiben und spüren, wie sich ihr Rücken streckte, als wäre eine Last von ihm genommen. Sie könnte auch erleichtert sein, dass die Dinge sich zu klären anfingen und die Kluft zwischen ihrem träumenden und wachenden Ich kleiner zu werden begann. Sie könnte hoffen, dass sie nach diesem schauderhaften Lachen wieder Lust bekommen würde, herzlich zu lachen. Sie könnte wieder neugierig werden auf Anna. Irgendwann könnte sie Anna bitten, ihr, wenigstens ihr, etwas zu erzählen.

Eines Tages würde Anna vielleicht erzählen.

Ich ahne, wie sie beginnen wird: *Alle Sätze in dieses Gestern können nur Brücken zu Inseln sein …*

NACHWORT

Meine erste Lektüre von Elisabeth Reicharts Roman *Komm über den See* liegt 36 Jahre zurück. Beim Wiederlesen erinnere ich mich daran, wie stark mich damals die Darstellung der traumatischen Erfahrungen getroffen hat. Ruth Berger, die Protagonistin, eine Geschichtslehrerin, findet, wie andere ihr nahestehende Frauen, keinen befreienden Zugang zu den Traumen, die weit in die vorsprachliche Zeit zurückreichen. „Wir sind zu früh geboren, mitten hinein in die Verbrechen, ohne eine Möglichkeit, uns dagegen zu schützen. [...] Der Alptraum ist in uns, er wiederholt sich in uns, sinnloser war noch keine Wiederholung."

In einem dieser Albträume taucht der Name Brigitta auf. Der wie verloren dastehende Name erinnert an den Titel einer berühmten Erzählung Adalbert Stifters. Es ist eine der vielen Anspielungen und Verweise auf die Literatur, die aus dem sinnlosen Wiederholungszwang herausführen könnten zu etwas Anderem. Bereits im Titel *Komm über den See* steckt die Idee eines rettenden Erzählens, denn er verweist nicht nur auf den Traunsee bei Gmunden, einen Hauptschauplatz der Erzählung, er zitiert vielmehr den letzten Vers aus Sarah Kirschs Gedicht *Anziehung*, das die Autorin ihrem Roman als Motto vorangestellt hat. Dieses Gedicht spielt eine zentrale Rolle in der thematischen Arbeit, die auf das Freiwerden von der Fixierung auf die mörderische Vergangenheit hinauswill.

Der Schluss des Romans kommt auf die im Titelwort *Komm über den See* enthaltene Aufforderung zurück, wenn die alte Widerstandskämpferin Anna Zach die Geschichtslehrerin Ruth Berger einlädt, mit ihr nach einem schwerwiegenden Missverständnis zu einem neuen gemeinsamen Wissen zusammenzufinden. Bei diesem Missverständnis geht es um den Verrat, mit dem Ruths Mutter, ebenfalls eine

Widerstandskämpferin, ihrer Tochter das Leben rettete und zugleich Anna Zach verriet:

„Wird sie wissen wollen: Was sonst? / Anna würde antworten: Komm über den See."

Das, wovon hier die Rede ist, betrifft sie beide, für Ruth aber geht es darum, dass sie aus der Kette der Missverständnisse, die aus der traumatischen Vergangenheit in die Gegenwart hereinreichen, befreit wird. Das Glück dieser erhofften Befreiung spricht dann aus den rhythmisierten Schluss-Sätzen, die sie in der ‚Möglichkeitsform' spricht, dem sogenannten ‚utopischen Konjunktiv': „Irgendwann könnte sie Anna bitten, ihr, wenigstens ihr, etwas zu erzählen" – „wenigstens ihr", weil Ruth als Geschichtslehrerin hofft, dass Anna Zach einmal zu ihr in die Schulklasse käme.

Ruths Wünsche bilden den offenen Schluss des Romans. Zaghaft formuliert und aus utopischen Zeichen komponiert, stellen sie eine Evokation des rettenden Erzählens dar, und sie sind mit ihrer rhythmisierten utopischen Sprache außerdem ein Ereignis in der an sprachlichen Ereignissen reichen österreichischen Literatur nach 1945:

„Sie könnte stehen bleiben und spüren, wie sich ihr Rücken streckte, als wäre eine Last von ihm genommen. Sie könnte auch erleichtert sein, dass die Dinge sich zu klären anfingen und die Kluft zwischen ihrem träumenden und wachenden Ich kleiner zu werden begann. [...]

Eines Tages wird Anna vielleicht erzählen.

Ich ahne, wie sie beginnen wird: *Alle Sätze in dieses Gestern können nur Brücken zu Inseln sein ...*"

In *Komm über den See* findet man nicht nur diese hochherzige Utopie der Befreiung, es wird auch von den ganz konkreten Schwierigkeiten des Schulalltags erzählt, wenn Ruth Berger, selbst zutiefst verunsichert durch ihre eigene Geschichte, den Widerstand zum Thema des Unterrichts machen will. Von der Schulleitung erpresst, lässt sie ihr Thema fallen und sieht sich nun selbst als Verräterin, gefangen in der Kette des sich bei ihr wiederholenden Verrats der Mutter.

Wie eine Gegenerzählung zu diesem mythischen Verhängnis wirken in *Komm über den See* die vielen, mit großer sozialer Empathie dargestellten Ereignisse aus dem Alltag einer Lehrerin, in denen die schwierige Arbeitssituation kritisch in den Blick gerückt wird. Und was man selten in der avancierten modernen Literatur findet: Dass hier die Schule und der Schulunterricht aus der Perspektive einer Lehrerin analysiert werden, die den Schülern Mut machen und Freude am Lernen erwecken möchte, aber an der Verwirklichung ihres Vorhabens scheitert. Im Erzählen aber bleibt die Realutopie der Schule genauso gegenwärtig wie der konkrete Widerstand im Alltag, der in seinen vielen Formen beschrieben wird, wobei sich die Aufmerksamkeit besonders auf die Sprache und das Sprechen richtet und auf die Zeichen des Widerstands gegen die autoritäre männliche Anmaßung. Sie werden von Reicharts Erzählen als überliefernswert erachtet, und wenn sie noch so unspektakulär sind wie die Szene, in der Susanne, eine Lehrerinnen-Kollegin von Ruth, dieser zuzwinkerte, „während der Direktor sie abkanzelte". Diese kleinen Gesten der Solidarität bestärken Ruth bei der Wiedergewinnung des Selbstvertrauens, denn Susanne ist so, wie Ruth gern sein möchte, eine Frau, die „sicher auf der Erde ging", „nur sinnvolle Zweifel kannte, nicht diese abgründigen, die alles infrage stellten, auch die eigene Lebensberechtigung", und die lachen konnte, „ein herrliches Lachen", und die auch ihre „wirkliche Empörung" zeigte, „bei der die Augen schwarz wurden."

Es ist merkwürdig, dass mir in einem Buch, in welchem ich früher bei den Zentralfiguren vor allem das unentrinnbare Gefangensein in sich selbst sah, nun beim Wiederlesen die durchgehende soziale Perspektive auffällt, die sich in der Aufmerksamkeit füreinander zeigt oder in der Empfindlichkeit für die Sprache und das Sprechen. Auch die Ratschläge zum Lesen von Büchern oder die gelebte Freundschaft mit Büchern gehören zu der uns von der Autorin überantworteten Lebens- und Überlebenskunst. Darum wird die Reduktion der Männer und Frauen des Widerstands auf ein bloßes Opferdasein entschieden zurückgewiesen: „Wir und Opfer?", fragt die Widerstandskämpferin Anna Zach empört, und sie spricht die tiefste Überzeugung des Buches aus, das dem Überleben und Weiterleben verpflichtet ist: „Wir waren es doch, die versuchten zu überleben, als Menschen zu überleben." Mit dieser Überzeugung verbindet sich in der Erzählung die Verteidigung des Glücks im Augenblick seiner unmenschlichsten Bedrohung.

Christa Wolf hat in einem Text zur *Struktur der Erinnerung*, der als Nachwort zu Reicharts erstem Roman *Februarschatten* (zuerst 1984) abgedruckt wurde, dessen „eigentliche künstlerische Leistung" darin gesehen, dass hier „ein anderer Umgang mit Menschen als der mörderische, über den sie schreibt, nicht deklariert wird, sondern als aufmerksames Verhalten der Autorin zu ihren Figuren in die innerste Struktur dieses Buchs eingegangen ist."

In *Komm über den See* tritt diesem aufmerksamen erzählerischen Verhalten eine unbedingtere, geradezu emphatische Verteidigung des Glücks an die Seite, die an die große Tradition der Glücks-Philosophie erinnert. Es sei „die einzig mögliche Utopie", denn „jede andere reibe sich auf und werde vergessen, irgendwann vergißt du sie, wenn du sie nicht lebst", sagt die alte, vereinsamte Widerstandskämpferin Anna Zach, um deren Freundschaft sich die Zentralgestalt der Erzählung, die Geschichtslehrerin Ruth Berger, bemüht.

Hans Höller

MIX
Papier | Fördert gute Waldnutzung
FSC® C106954
FSC
www.fsc.org

Das bei der Produktion dieses Buches entstandene CO_2 wurde durch die Finanzierung von Klimaschutzprojekten kompensiert.

Druckprodukt mit finanziellem
Klimabeitrag
ClimatePartner.com/17357-2411-1004

Die Drucklegung dieses Buches wurde gefördert von:

STADT : SALZBURG
LAND SALZBURG

ISBN 978-3-7013-1329-7

Erstausgabe 1988. Vollständig überarbeitete Neuauflage.

www.omvs.at
info@omvs.at

Otto Müller Verlag GmbH
Ernest-Thun-Straße 11
5020 Salzburg
Österreich

Lektorat: Christine Rechberger
Gestaltung: wir sind artisten
Autorinnenfoto: Alexander Golser
Druck und Bindung: Florjančič Tisk, d.o.o, Maribor